ギフト争奪戦に乗り遅れたら、ラストワン賞で最強スキルを手に入れた 2

A L P H A L I G H T

みももも
Mimomomo

JN095799

アルファライト文庫

登場人物紹介
アカリ
SSレアのギフト
「神霊術《シャーマン》」を持ち、
イツキとともに行動する。
シオリ
Bランク「図書館」の
ギフトを得た少女。
ユータ
イツキの存在を目のかたきに
する赤髪の勇者。

魔王子
人間界に侵攻《しんこう》しようとする
魔族軍の指揮官。
イツキ
本編の主人公。
Cランクの「洗浄魔法《ウォッシュ》」を得たせいで、
周囲からは「皿洗いの勇者」として
有名になる。
ハルト
Sレア「忍者」。
言葉遣《づか》いもギフトに
あわせている。
杖《つえ》突《つき》宏《ひろ》介《すけ》
齢《よわい》八十八の老人。真の勇者。

目次

第一章　魔界での闘争《とうそう》

平凡な学校で高校生活を送っていた俺——明野樹《あけのいつき》は、ある日、たくさんの人々とともに異世界へと召喚《しょうかん》される。

異世界へ渡る際に、ギフトとしてスキルが配《くば》られたのだが、数あるスキルの中からどれを選ぶかは、早い者勝ちだった。

熱狂した大勢の人がギフトを奪《うば》い合うのを見ていて出遅《でおく》れた俺は、結果的に、最後に残されたものを手にする。もちろん、それは最低ランクだったものの、「これでいいか」と割り切ることにした。

そして、異世界に繋《つな》がる扉を通り抜けようとしたとき、ラストワン賞として、「聖剣《ぶき》／魔剣召喚」という最強クラスのおまけスキルを貰《もら》った。

このスキルを手に入れたことにより、俺の異世界生活は、想像を超《こ》えて波乱《はらん》に満ちたものとなる——

聖剣《ぶ》／魔剣《き》召喚には、使用中の姿が変わってしまうという副作用があった。それにより、天使と悪魔を混ぜた異形《いぎょう》の姿になった俺は、そんな俺を魔物と誤解《ごかい》した真の勇者と交戦するが、大敗して魔界へ逃亡する。

ボロボロに傷つきながらも魔界にたどり着いた俺を助けてくれたのは、そこに住む、言葉を話す猫だった。俺を仲間と認めてくれた彼らと話をしていると、どうやら大陸の外から来た鬼の魔物に苦しめられていることが分かった。

事情を聞いた俺は、猫たちのために鬼退治を始めるのだが……

「ふう、これで私たちが見つけていた凶悪種《オニ》は全部だにゃ。それにしてもすごいにゃ。本当に全部倒してしまうなんて……」

「まあ、これでも俺は、人間界では勇者なんて呼ばれているからな」

猫とともに、魔界に蔓延《はびこ》る魔物を倒していると、気がついたらほぼ丸一日が経過していた。

普通の魔物であれば、高レベルのステータスのおかげで簡単に倒すことができるのだが、鬼と呼ばれる種族は簡単にはいかなかった。

特に、一部の鬼は力が強いだけではなく、特殊《とくしゅ》な能力も持っている。そういう相手にはどうしてもギフトの聖剣《ぶ》／魔剣《き》召喚に頼《たよ》る必要があった。短時間であれば、聖化や魔化の影響も最小限に抑《おさ》えられるし、そもそも制限時間の関係で節約して使うようにはしていた。

だが、どうしても大量の敵と戦っていたら、わずかずつでも使用時間が積《つ》み重《かさ》なっていくわけで……。

その結果、ギフトの残り時間は聖剣が五秒、魔剣が八秒となっていた。今までは時間を残すことを意識していたのだが、そろそろどちらか片方を使い切ってクールタイムに入り、使用時間を回復させたいところだな。

ただ、レベルが上がったため、使用時間が増えるに比例してクールタイムの時間も増え、今や半日を超えるほどになっている。しかも、その間ずっと聖化か魔化が発動している。

長時間の聖化や魔化は暴走《ぼうそう》する可能性も捨てきれないのだが、だからといってずっとこのままというわけにはいかない。それになんとなくだが、片方ずつであればなんとかなるような気がしている。

聖化と魔化を何度も経験したことで、その影響に対して慣れてきたのかもしれないし、レベルが上がった結果、耐性のようなものがついたのかもしれない。

いずれにせよ、このままこのギフトを永遠に封印《ふういん》することはできない。

だから、聖剣を発動させた。すると、体が聖化の影響を受けて変質していく。

白い翼《はね》が生え、皮膚《ひふ》は白くなり、髪は金色に染《そ》まり、身体能力が大幅《おおはば》に向上する。

「んにゃ？　人間⁉　敵はもういないのに、いきなりどうしたんだにゃ？」

「（五、四、三、二、一……）よし、剣は消えたな。まあ、あまり気にするな。そういう儀式《ぎしき》みたいなものだと思ってくれ……」

猫は、何も言わずに剣を召喚した俺に驚《おどろ》いた様子だったが、俺はそれを無視して聖剣を発動させたまま心の中で五秒間数える。すると、使用時間を使い切った聖剣は消滅《しょうめつ》し、クールタイムに入った。視界の隅《すみ》には、２４０という数字が表示される。

「今度は、剣が消えても見た目が戻らないんだにゃ？　人間ってのは、みんなお前みたいな能力を持っているのかにゃ？」

「いや、すべての人間がギフトを持っているわけじゃないんだが……召喚された勇者なら、何らかの能力を持っている。その中でも俺のは変わっているけどな」

魔界に住んでいるというこの猫にとって、人間を見るのは俺が初めてなのだろう。

ただ、俺のギフトは勇者の持つギフトの中でも特殊なものだ。それに、そもそも勇者という存在自体が人間の中でも特別な存在なのだと思うから、そのあたりだけでも簡単に説明しておこうかな。

「俺たち勇者は、この世界に召喚されたときにギフトってのを与えられたから、みんな大体特殊な能力を持っているんだ。俺のこれもそのギフトの一つなんだが……」

「でも、すげーにゃ！　私たちも敵を倒せば強くなるけど、人間ほど強いのは見たことがないし、しかも特殊能力まで持っているなんて！」

猫が言っている「敵を倒せば強くなる」というのは、経験値を稼《かせ》いでレベルが上がることではなく、単に戦闘の経験を積めば実力が上がるという意味なのだろうか？

もしかしたら、猫や魔物にもレベルと似たような概念《がいねん》があって、それで強くなっているのかもしれないが……このステータスカードは召喚者専用という話を聞いたことがある。そのあたりのことを確認するのは、難《むずか》しそうだな。

「それにしても、猫の話だと、あの鬼は魔王の部下なんだよな？　何か目的があってここにいるというよりは、何かを待っているような感じだったんだが……一体どういうことなんだ？」

「それは……私たちにもよくわからないのにゃ。この先には、魔力を持つ魔物には通り抜けられない結界があるから、あいつらがいくら集まったところで、先には進めないはずなのにゃ……」

「結界？」

初めて耳にする情報が出たので聞き直すと、猫は「そう、結界にゃ」と言って、何かを思い出したように言葉を繋げた。

「……そういえばボスは、あれのことを『人間界に接する結界』とか言ってたにゃ」

「ということはまさか、魔王の目的は人間界の侵略《しんりゃく》なのか？」

俺が聞いても、猫は「だから、そんなことは知らないのにゃ！」と言って、首を横に振っているが……まあ、あまり深く考えても仕方がないか。

少し前に、人間界はある敵に襲撃《しゅうげき》され、大きな被害を受けている。

あれが魔王軍による攻撃だったとするならば、魔王は人間界への進出を目指していることになる。だとすると、ここに魔王の配下である鬼が集まっているのは、人間界へ侵略するための準備、とも考えられる。

そういえばあのとき、あの魔人は「結界がきつい」と言っていた。そうしたら、まずは結界を破壊するのが目的ということも、十分にあり得るのではないだろうか……

しばらく歩いて猫の住処《すみか》までたどり着くと、「にゃーにゃー」と鳴き声を上げながら、言葉を話せない猫たちが俺たちを出迎《でむか》えてくれた。

聖化で見た目は変わっていても、猫たちは変わらない態度で俺に接してくれる。聖化の影響で精神は苛立《いらだ》っているけれど、猫たちの可愛《かわい》さに癒《いや》されることは変わらないな。

「人間、私たちの住処《すみか》に着いたにゃ！」

「にゃー、にゃー！」

猫たちは、俺と言葉を話せる猫に対して何かを訴《うった》えているようにも見える。そしてその猫語を聞いた猫は、慌《あわ》てたように俺の方へ振り向いた。

「人間、大変にゃ！　強大な力を持った何者かが、地下から上がってきているらしいにゃ！」

「地下……まさか、俺が通ってきた洞窟《どうくつ》を？　ということは、まさかアカリとシオリが？」

あの二人なら、俺を追って魔界《ここ》まで来ても不思議ではない。そして、その可能性が一番高い。

どうやって俺の居場所を調《しら》べたのかは分からないが、地上に俺がいないことから、俺が魔界に向かったと推測したのだろう。

もし俺が、アカリとシオリの立場だったとしたら、同じように魔界まで追いかけてでも助けるぐらいはしたはずだ。だから、二人が来てくれるのは、ある意味では「当たり前」のことなのかもしれない。だが、それでも危険を顧《かえり》みずに魔界まで来てくれるのだとすれば、二人に会えたらまず最初に「ありがとう」と言おう。照《て》れくさいが、まあそれぐらいは我慢《がまん》しようかな。

「……人間、その顔は心当たりがあるのかにゃ？」

「いや、まだ確証《かくしょう》はない。だがもしかしたら俺の知り合い……仲間かもしれない」

「そうかにゃ……とにかく確認しに行くにゃ！　だけど場合によっては……」

「わかってる。もし来たのが魔物だったら、俺が全力で倒す。それが俺の役割だからな！」

猫たちに案内されて、強大な力を持つ何者かが現れるというところに来た。少し離《はな》れた位置から茂《しげ》みに隠《かく》れて見たその場所は、やはりというか、俺が人間界から通ってきた地下洞窟の出入り口だった。

この洞窟の出入り口には、俺が洗浄《せんじょう》の力で修復《しゅうふく》した巨大な扉がある。この扉を開けるには、魔力をうまく流す必要があり、野生の動物や魔物が通り抜けるのは難しいはずだ。

ということは、ここから現れるのは俺と同じ勇者の誰かである可能性が高いのだが、そうでなくて正体《しょうたい》が魔物だった場合、それはかなり知能の高い魔物ということになる。

だから決して気を抜くことはせず、気配を殺しながらしばらく待っていると、いくつかの人影が姿を見せた。

「ふう。ようやく地上が見えた。思ったよりも長い道のりであったの……」

「お館様《やかたさま》、ここが魔界でござるか？」

「やっと着いた！　でも、ここからさらに、今度は地上を歩いて帰らなきゃいけないんでしょ？」

洞窟から顔を出したのは、アカリとシオリではなく、忍者と真の勇者の老人と……あと一人は知らない少年の三人だった。

少年も、真の勇者や忍者と親しげに話をしている様子だから、低ランクの勇者ではないだろう。ということは、まだ俺が会ったことのないSレアの、錬金術師《れんきんじゅつし》か吸血鬼である可能性が高い。

耳を澄《す》ませて話を聞いている限りだと、どうやらあの三人も、俺と同じように人間界からこの洞窟を通ってここまで来たようだ。

「人間、お前の言っている知り合いとは、あいつらのことかにゃ？」

「ああ。あの小さいやつは初めて見るが、ひげの生えた老人と、その隣《となり》の男は会って話をしたことがある。味方と言えるかどうかはわからないが、敵ではない……はずだ」

そもそも俺が魔界に逃げ込むことになったのは、聖化と魔化を重ねがけしたとき、あの真の勇者に魔物と間違えられて襲《おそ》われたのが原因だった。だから、聖化の影響で見た目が変わっている今の俺だと、もしかしたら襲われる可能性もある。

聖化していない、元の姿なら、事情を聞いてくれるだろうし、理解してくれると思う。

あいつらが出てくるとわかっていたなら、聖剣の時間を残しておいて、聖化していない状態で話をしたかったところなのだが……今更後悔《いまさらこうかい》してもどうにもならない。

とりあえず、事情を説明するのは元の姿に戻ってからの方がいいだろうし、となると再会は八時間後か……

そんなことを考えながら観察を続けていると、三人組は洞窟を出てすぐの場所で立ち止まる。それから真の勇者が振り返って「安全なようじゃ。来るがいい」と言って、出入り口に向かって手招《てまね》きをした。

どうやら、真の勇者たち以外にも、魔界に足を踏《ふ》み入れた人がいるらしい。

彼らに続くようにぞろぞろと、十人……いや、二十人近くの男女が洞窟から顔を出す。

皆一様《いちよう》に重厚《じゅうこう》な装備《そうび》に身を包んでいることから、おそらく彼らもこの世界に召喚された勇者なのだろう。

そして最後に、ようやく見知った二人が姿を見せた。

「ここが魔界……なのかな、シオリちゃん」

「その可能性が高いですが、確実なことは何も……それよりも、イツキから届く経験値が止まっています。彼は大丈夫なのでしょうか」

「大丈夫、きっとイツキ君は休憩《きゅうけい》してるだけだよ。でも、そうだね。早くイツキ君に会いたいね……」

二人の顔を見て、今すぐに再会して安心させてやりたいという気持ちが出てくるのだが、聖化して姿を変えている俺が無闇《むやみ》に近づくのは、いい考えとは思えない。

アカリとシオリなら、気づいてくれるかもしれないが……それでも今は、やめておこう。

「人間、それでどうするのにゃ？　お前の仲間を見つけたのだから、会いに行くのかにゃ？」

「そうだな……いや、そうなんだが、実はこっちにもいろいろ事情があってな。あいつらは聖化のことを知らないから、俺を見た瞬間に最悪の場合敵と認識する可能性もある。だから、できればまずは、アカリとシオリにだけ連絡を取りたいんだが……」

「アカリ？　シオリ？　人間の個体名のことかにゃ？」

「ああ、あそこにいる二人なんだが……」

アカリとシオリを指さして説明すると、猫はそちらに視線を向けながら、ふむふむと頷《うなず》いた。

「そういうことなら、私に任《まか》せるにゃ！」

「任せる？　何を？」

「私たちは、気配を消して行動するのが得意なのにゃ！　だから、その人間どもに伝言を伝える仕事は、私に任せてほしいのにゃ！」

気配を消したところで、真の勇者をごまかせるとは思えないが……だが、そうか。猫なら、近づいても怪《あや》しまれない可能性は高いか。

だとすると、猫に伝言してもらうのも悪くないのかもしれないな。

「とりあえず二人には、俺、つまりイツキという人間が無事だということだけ伝えてくれないか？　それと、できればあの二人から現在の状況とかを聞いておいてもらえると助かる。そもそも他の勇者たちが何をしに魔界まで来たのかとか……」

「わかった、任せるにゃ！」

そう言って猫は気配を消して、アカリとシオリのもとへと走っていった。

猫が通りがかった瞬間、真の勇者がピクリと姿に反応したが、どうやらただの猫だと勘《かん》違《ちが》いしているようだ。猫はそのまま他の勇者に気づかれることなく、無事に二人のもとへたどり着いた。

二人の前に姿を現した猫は、まるで日本の猫のような仕草でシオリの足元に擦《す》り寄って……シオリはそんな猫を可愛《かわい》いとでも思ったのだろうか。特に怪しまれることもなく彼女に抱《だ》き上げられていた。

あれは完全に、猫のことをただの野良《のら》猫だと思ってるんだろうな。まあ実際のところ、言葉を話せる以外は日本の猫と変わらないし、間違っているわけではないんだが……

その後、抱きかかえた猫が突然喋《しゃべ》り出したため、シオリが驚いて投げ捨てそうになりつつも、ここからでは耳を澄《す》ませても聞こえないぐらいの小声で話し合いを始める。そしてそれが終わると、猫はシオリの腕からぴょんと抜け出して、その場から離れていった。

シオリは名残惜《なごりお》しそうに、今まで猫を抱いていた両腕を見つめている。

「人間、あの人間と話をしてきたにゃ！」

しばらく待つと、顔を手でゴシゴシと毛繕《けづくろ》いしながら、猫が歩いて戻ってきた。

「お疲れ。シオリはなんて言ってた？」

「とりあえずイツキが生きていると伝えたら、お前と直接会って話をしたいと言っていたにゃ。待ち合わせ場所はこちらが決めて、案内は私たちが引き受けるにゃ」

「詳《くわ》しい話はそのときにってことか。……とにかく、助かった。本当にありがとう」

「このぐらい、お安いごようだにゃ！」

「待ち合わせ場所は、猫たちの住処《すみか》でもいいか？」

「問題ないにゃ！」

勇者たちはまだ、俺がここにいることに気づいていないようだが、いつまでもここにいたら、いずれ誰かに見つかるだろう。

アカリとシオリの案内は猫たちに任せることにして、俺はこの場を離れて猫の住処《すみか》に戻ることにするか。

「俺はもうこの場を離れるから、二人の案内は猫、お前たちに任せるぞ……」

「わかったにゃ！　私はここで見張りを続けるけど、お前は一人で帰れるかにゃ？」

「ああ、問題ない。それじゃあまた後で……」

「――その前に少しだけ話を聞きたいのでござるが……お主、イツキ殿《どの》で間違いないでござるな？」

「「んにゃ!?」」

その場から立ち去ろうとした瞬間。

ついさっきまで気配もなかった場所から突然声が聞こえたせいで、喉《のど》の奥から変な声が出てしまった。まさか、猫の鳴き声とのハモリを経験することになるとは……

「すまぬ、驚かせるつもりはなかったのでござるが……我らを監視《かんし》する目が気になったのでござる。ところでお主、雰囲気《ふんいき》から察するにイツキ殿とお見受けするが、いかがでござろう」

落ち着いてから改めて見ると、そこにはいつの間にか忍者がいた。距離《きょり》が離れているし、他の勇者が気づいた様子はないのだが、こいつには普通にバレていたらしい。さすがは忍者というところか。

「あ、ああ。よく分かったな。確かに俺だ。イツキだ。忍者か、久しぶりだな」

「やはりイツキ殿でござったか。隠れて出てこなかったのは、その容姿《ようし》が原因でござるか？」

猫たちは、俺の姿が変わっても特に何も言わなかったから、もしかしてそこまで姿が変わってないのかとも思いはじめていた。しかし忍者の反応を見る限り、人間視点だと俺の体はかなり変化しているようだ。

「まあ、そういうことだ。事情があってこんな姿になっている。誤解を与えるのも悪いと思うから、元に戻るまでは一人で行動しようと思っているんだが……」

忍者は「ふむ」と言いながら、俺の全身を上から下までざっと観察すると、改めて何かに納得したかのように口を開いた。

「なるほど、これがあの二人が話をしていた『変身』というやつでござるな。見た目から察するに、それは聖化……ということは、魔化の変化はまた別のパターンでござるか？」

「……まあそうだが、あの二人はお前にそんなことまで話していたのか？」

「これは拙者《せっしゃ》が盗《ぬす》み聞きをしただけでござる。誰にも話しておらぬから安心するでござる！」

盗み聞きって……。さすが忍者。でもこいつが、モラルを守ってくれる忍者でよかった。

「人間、こいつは何者にゃ？　さっきから、目の前にいるのに全く気配を感じないにゃ！」

「ああ、こいつは忍者だ。名前は……まあいいや。だが忍者、勝手に抜け出して俺のところに来たりして、大丈夫なのか？」

「安心せよ、これは拙者の分身でござる。本体は今も本陣で仮拠点《きょてん》の設営をしているし、この分身には誰も気づいていないでござる！　そして拙者の名前はハルトでござるよ、イツキ殿！」

「忍者？　分身……？　人間の言っていた通り、人間はみんな変なやつばっかりだにゃ」

猫は、俺と忍者をひとまとめにして「変なやつ」であるかのように言うが、失礼な。

確かに忍者が変なやつなのは間違いないが、俺はせいぜい武器を出したり物を綺麗《きれい》にしたりできるだけの普通の人間のはずだ。

「……まあ、いいか。ところで、せっかく来てくれたなら、お前たちがこんな場所まで来た理由を教えてくれないか？　俺一人のために、あれだけ大勢の勇者を連《つ》れてくるってのは、さすがにおかしいしな」

「そのあたりのことは、アカリ殿とシオリ殿も交えて話しておきたいでござる。猫殿との話を聞いていた限り、二人とは合流するつもりなのであろう？　まずは集合場所に行くでござるよ！」

猫とシオリの話まで聞いていたのか……こいつの前で隠し事をするのは、もう無理かもしれないな。

忍者を連れて猫たちの住処《すみか》へ向かうと、そこで待機していた普通の猫たちは、異常に気配の薄い忍者を見て、さっきの繰《く》り返しのように不審《ふしん》に感じて警戒心《けいかいしん》を強める。そこで俺が「こいつは大丈夫だ」と言うと、なんとか落ち着いてくれた。

そのまま二人で洞窟の中に入るが、猫たちはそれでも不気味がって忍者には近寄ろうとしないから、自然と俺のもとへと集まってくる……これはこれで、まあいいか。

猫と戯《たわむ》れながら待っていると、洞窟の外から何かが近づいてくる足音が聞こえてくる。

「イツキ君……？　いる？」

案内役の猫に連れられてきたのは、アカリだった。どうやら無事に、他の勇者に気づかれることなく、ここまで来られたらしい。

「アカリか？　入ってきて大丈夫だぞ」

「失礼しまーす……って、誰？　まさか、イツキ君？」

「ああ、俺だ。聖剣の……聖化の影響で見た目が変わっているがな」

「そうなんだ。なんかすごいことになってるね。外国の人みたいな？」

「確かに今のイッキ殿は、北欧風《ほくおうふう》な雰囲気《ふんいき》が漂《ただよ》っているでござるな……」

「うんうん、そうそう……って、忍者君？　なんでここに……君はいつも突然現れるよね」

アカリは、突然現れた忍者に驚いているような、もう慣れたからあまり驚いてもいないような、不思議な反応をしている。

こいつの神出鬼没《しんしゅつきぼつ》っぷりについては、俺もいちいち反応するのではなく、そういうものだと割り切ってしまった方がいいのかもしれないな。

「……そういえばアカリ、シオリはどうしたんだ？」

「シオリちゃんは、向こうに残ってるよ。私たち二人が同時にいなくなると、さすがに怪しまれちゃうからね」

まあ確かに、ここが魔界である以上、誰にも言わずに勝手に抜け出すのは要《い》らぬ心配をかけることにもなりかねない。それと、ばれかけたときに誤魔化《ごまか》しというか、言い訳をするやつが残る必要があったということか。

俺の事情については、シオリにも聞いておいてほしかったのだが……あとでアカリから伝えてもらうことにしよう。

「そういうことか。それじゃあまずは忍者、話してくれ。今はそもそも、どういう状況なんだ？」

「あ、イッキ君、それなら私から話そうか？　えっと、元々はイッキ君の捜索《そうさく》のために洞窟に降りたんだけど……」

「アカリ殿の言うことも事実なのでござるが……実は、拙者たちは元々魔界《ここ》に来る予定だったのでござる。今回は道中の下見《したみ》をする予定だったのでござるが、何者かの妨害《ぼうがい》によって帰れなくなってしまい、計画を前倒すことにしたのでござる」

「え、そうだったの？　ということはもしかして、忍者君たちはこの洞窟が魔界に通じていることも最初から知ってたの？」

「黙《だま》っていて、すまなかったでござる……」

　どうやら、アカリたちにも黙っていた事情が、真の勇者たちにはあったらしい。

　俺だけでなく、アカリやシオリが揃《そろ》ってから話をしようとしていたのは、そのあたりの情報を共有したかったからなのだろう。

「私たちも魔界の情報は聞いていたんだけど……イッキ君、ここってやっぱり魔界なの？」

「ああ、おそらくな。猫みたいな友好的な魔物もいれば、鬼みたいな敵対的な魔物もいる……」

「イッキ殿！　今、鬼がいると言ったでござるか？」

　今まで倒してきた魔物の種類を思い浮かべながら話をすると、忍者が突然詰《つ》め寄ってきた。もしかして真の勇者たちは、魔界にいる鬼の情報まで手に入れていたのだろうか。

「ああ、いたな。なかなか強かったが、倒せない敵ではなかったぞ？」

「それは……お館様の情報とは食い違っているでござる。鬼は、海を越《こ》えた魔王の領地にしかおらぬはず」

「ああ、それは……」

魔王の領地と聞いて思い出したのだが、そういえば猫たちも「最近は魔王軍が活発に……」とか、そんなことを言っていた気がするな。

情報のタイムラグはあるようだが、真の勇者たちはそこまで情報を掴《つか》んでいるらしい。

「そういえば、確か猫は、あの鬼は海を越えた別の大陸から来たとか、そんなことも言っていたが……」

猫に言われたことを思い出していたら、ちょうどそのタイミングで、外から言葉が喋《しゃべ》る猫が飛び込んできた。

慌《あわ》てた様子だが、勇者たちの見張りを切り上げて、急いで戻ってきたということなのか。

「なあ、猫。俺が倒したあの鬼は……」

「人間、大変にゃ！　話し合いなんてしている場合ではないにゃ！　今すぐ戦いの準備をするにゃ！」

「一体、何があったんだ？　戦闘準備って……鬼《てき》は全て俺が倒したはずじゃなかったのか？」

「海の向こうから、さらに大量の魔物が押し寄せてきているにゃ！　魔王軍が本格的に攻《せ》めてきたに違いないにゃ！」

話を聞いて、俺とアカリ、忍者の顔に緊張《きんちょう》が走る。

「……どうやら、猫殿の言う通りみたいでござる。海の向こうから魔物の群《む》れが……アカリ殿、イツキ殿、拙者は先に戻っているでござる！　お主らにも協力してほしいでござる！」

忍者はそう言い残すと、「ぽすん」と空気が抜けるような音を立てて消滅した。おそらく、分身を解除《かいじょ》して、他の勇者たちと戦いの準備を本格的にするつもりなのだろう。

俺とアカリも慌《あわ》てて洞窟から飛び出した。

そして、海の彼方《かなた》に目を凝《こ》らすと、夕日に混じっていくつもの黒い影が見える。まさかあれ全部が魔王軍の戦闘部隊だろうか。数えるのも嫌《いや》になるぐらいの小さな点が、海から陸地に向かって飛んできているのだが……

「イツキ君！　私たちも戻ろう！　そして、一緒に戦おう！」

「……そうだな、聖化が解除されるのを待つ余裕はなさそうだ。勇者たちに説明するのは面倒だが、目の前のあれに比べたら些細《ささい》な問題だな！」

◇

アカリについていくと、大勢の勇者たちが慌《あわ》ただしく戦いや移動の準備をしているのが見えてきた。

その中からシオリを見つけたアカリは、彼女に駆《か》け寄って、こちらを指さしながら小声で何かを話していた。

シオリはアカリに言われて俺のことに気がついたらしく、周囲の人に気づかれないように俺のもとへと駆け寄ってきた。

「……イツキですか？」

「ああ、俺だ。こんな姿だがな。ところでシオリ、今はどういう状況だ？」

「見ての通りです。魔物の群れ――魔王軍が海を渡ってきました。忍者は偵察《ていさつ》に向かいましたが、私たちは洞窟に避難《ひなん》することになったので、その準備をしているところです……」

勇者たちは、魔界に着いたので外にテントを広げていたのだが、魔王軍が攻めてきたとなって、洞窟の中に戻ることにしたようだ。せっかく取り出したばかりのテントを片づけて、洞窟の中へと荷物を運《はこ》んでいる。

口々に文句を言いながら、面倒くさそうに……ではあるが、緊急《きんきゅう》事態であることは理解しているのか、なんだかんだでちゃんと作業はしているようだ。

「シオリちゃん、私たちのテントも片づけ終わったよ！」

「ありがとうございます！　では私たちも、彼らについて移動をしましょう。イッキもついてきてください！」

「あ、ああ、わかった……」

洞窟の中には、外からは見えないようにいくつものテントが張られている。また、ランタンみたいに光る魔道具で明るさも確保されているようだ。

俺たちは、そこそこの広さがある洞窟の一角を陣取《じんど》って、そこにテントを広げると、洞窟内を歩き回っていた真の勇者と出くわすことになった。

「あ、おじいさん。私たちの準備は終わったよ！」

「アカリか。それに、シオリと……その者は？」

「おじいさん、この人が、私たちの捜《さが》していた勇者、イッキ君だよ！」

この姿では初対面の真の勇者に「ども、イツキです」と話しかける。すると、どうやら彼は、アカリとシオリからすでに俺のことを聞いていたようで、「そうか、お主が……」と俺のことをじっくりと観察しはじめた。

「お主が、イツキか……聞いていた見た目とは、違うようじゃが？」

「イツキ君の見た目が変わっているのは、イツキ君のギフトの副作用のせいだよ、おじいさん！」

「見た目が変わっても、イツキがイツキであることは変わりません。少なくとも敵ではないので大丈夫ですよ」

「ふむ。アカリとシオリが言うのであれば、そうなのじゃろうな」

今の俺は日本人離れした姿で、しかも白い羽まで生えているとはいえ、魔化ほど人間離れしているわけではない。そのことが関係するのかどうかはわからないが、いずれにせよ真の勇者はアカリとシオリの言葉を信用することにしたようだ。

一度は暴走した俺を殺すために使われた手を、今度は武器を握《にぎ》らずにゆっくりと俺に向かって差し出した。

「ワシは杖突宏介《つえつきひろすけ》。ギフトは勇者じゃ。よろしくな」

「ああ、俺はお前のことを知っている。真の勇者って呼ばれてるんだろ？　俺は明野樹。こちらこそよろしくな」

一度は殺し合った者同士として握手《あくしゅ》に応じ、ただ従《したが》うだけのつもりはないという意志を込めて、強く握りしめる。

返答のように、真の勇者も手に力を込める。握力は、やはり老人のものとは思えない。見た目だけならただの老人でしかないのだが、その実力が凄《すさ》まじいことを、俺は直接体験しているから知っている。できれば、今後は敵対はしたくないところだが……

「それで真の勇者、これからお前たちはどうするつもりなんだ？　魔物の群れが迫《せま》っているんだろ？」

「そうじゃの……ワシの想定よりもかなり早いのじゃが、いずれにせよやつらの目的を達成させるわけにはいかぬ。イツキよ、お主も手伝ってくれぬか？」

「それはいいが……その言い方だと、魔王軍の目的を、あんたは知っているってことなのか？」

　魔物と戦うことは、元から考えていたことだから問題ない。

　だが、彼らが何のために、海を越えてまでこんな場所へと向かっているのかは知らなかったから、できれば聞いておきたいところだ。

　真の勇者がどうやってそんな情報を手に入れたのかも気になるが、自分から話そうとしないということは、聞いても答えてはくれないのだろう。

「……やつらは、この地点に人間界侵略のための橋頭堡《きょうとうほ》を構築しておるのじゃ」

「橋頭堡《きょうとうほ》？」

「そうじゃの……。わかりやすく言えば『攻略用の拠点』を作ろうとしているのじゃ。この地に要塞《ようさい》を構築し、人間界に攻め込む足がかりにするつもりなのじゃ！」

「つまり、墨俣《すのまた》の一夜城みたいなやつか……」

　猫から聞いていた話だと、ここから少し行くと、人間界と魔界を隔《へだ》てる結界のようなものがあるってことだったな。

　ということは、魔王軍はこの場所に拠点を作って結界を破壊……あるいは無効化し、そのまま人間界に攻め込むつもりなのか。

するとと、俺が倒していた鬼たちは、そのための下見が目的だったのか？

だとしたら、敵が慌《あわ》てて大軍を率《ひき》いてきたのは、下見に行かせていた魔物が俺に殺されたから、戦力を小出しにして倒されるのを避《さ》けたかったとか……まあ、これは俺の勝手な想像でしかないが。

真の勇者がどうやって魔王軍の侵攻《しんこう》のペースを掴んでいたのかはわからないが、予定より早まったとしたら、そのあたりが理由だろう。

つまり、この急襲《きゅうしゅう》には、俺の責任も多少なりともあるというわけか。

「イツキ……そして、アカリとシオリもそうなのじゃが、ここから先の戦いに参加することを強制はせぬ。海を越えてくる魔王軍は、人間界で戦った魔物と比べて、桁違《けたちが》いに強く、凶悪《きょうあく》なはずじゃ。危険もある。お主らが人間界に引き返すというのなら、ワシはそれを止めるつもりはない。お主らが、選ぶのじゃ……」

真の勇者は、それだけ言って、その後は黙ってしまった。

洞窟内に、不気味な静寂《せいじゃく》が訪れる。

「……だってよ。二人とも、どうする？」

「そうだね、イツキ君。……どうしようか、シオリちゃん」

「そうですね……」

　俺とアカリから結論をたらい回しにされたシオリは、少し考えるそぶりをして俯《うつむ》く。だが、すぐに頭を上げると俺やアカリと目を合わせ、わかりきっていることであるかのように、嘆息《たんそく》しながら呟《つぶや》いた。

「イツキも、アカリも。結論は出ているのでしょう？　私たちには、手伝う他に選択肢がありません。ここで逃げても、いずれ魔王軍は人間界に攻めてくることになりますし、それにもし逃げてしまったら、おそらく敵に立ち向かうことは永遠にできません」

「……だな」

「そうだね、シオリちゃんの言う通り、だね」

　三人で、改めて顔を見合わせて、頷《うなず》き合う。

　別に俺たちには、何か使命があるわけじゃない。だけど同時に、逃げた先に道がないことも想像がついている。

　たとえ他の勇者たちが魔王軍をどうにかしてくれて、それで人間界に平和が訪れたとしても、その場から逃げた俺たちは、そこで胸を張って暮《く》らせるだろうか……

「真の勇者、俺たちも戦うことにするよ」

「それでこそ、勇者じゃ。具体的な作戦は、ハルトが偵察から戻ってからにする。それまでお主らは、体を休めて待っておれ。湯川《ゆかわ》の作った薬がある、これを使うとよいのじゃ」

　そう言うと、真の勇者は鞄《かばん》から液体の入った試験管のような瓶を手渡してくる。

湯川が誰かは知らないが、こんなものを作れるということは、Sレアである錬金術師の勇者のことだろうか。

真の勇者から受け取った回復薬を飲み込むと、身体《からだ》中に力……魔力のような何かが染《し》み込んでいくのがわかる。

少しの苦味《にがみ》と変な甘味が重なりあっているせいで飲みにくいが、良薬口に苦しということもあるぐらいだ。効果の高さからして、市販品のレベルではない。やはりSレアの錬金術師が作った物だと思うが……アカリとシオリが嫌そうな顔をしているのはなぜだろう。

……この独特《どくとく》な味が気に入らなかったのかもしれない。

壁《かべ》に寄りかかって薬を飲んで体力を回復させていると、洞窟の入り口から忍者が走ってきた。

忍者は洞窟内を少し見回して、俺たちの休んでいるこちらへと寄ってきた。

「お館様、戻ってたでござる！」

そのまま俺たちを完全に無視して、隣にいる真の勇者に向かって跪《ひざまず》く。

俺たち三人に用事があるわけではなく、たまたま今ここにいる、真の勇者に報告するのが目的だったらしい。

「ハルトよ、いかがであったか？」

「お館様……イッキ殿、アカリ殿、シオリ殿も、聞いてほしいでござる」

忍者は、まずは真の勇者に向かって、次に俺たち三人の名前を呼びつつ、目線を合わせようとしてくる。

俺としても話を聞いておきたいと思ったから、こくりと頷《うなず》く。忍者は他の面々の意思も確認した後で、再び口を開いた。

「まず第一に……お館様の読み通り、あれは別大陸から来た、魔王軍で間違いなさそうでござる。どうやら魔王本人ではなく、魔王の息子が指揮《しき》しているようでござるが……」

「魔王自身は力が強すぎて、結界に近づくことができないのじゃろうな……」

ちなみに、忍者に「なぜそんなことが分かったのか」と聞くと「魔王軍の近くに潜伏《せんぷく》し、会話を盗み聞きしたのでござる」ということだった。

さも当たり前のように言っているが、この短時間でこれだけの情報を集められるのは、さすがは忍者というところか。

「それで、ハルトよ。敵の目的はやはり？」

「それについても、お館様の予想通りでござる。やつらはこの地に魔王城を建築するつもりでござる。元々この地に送っていた先遣隊《せんけんたい》に想定外の事態が起こり、責任をとるために魔王の息子が直々《じきじき》に出陣することになった……という噂《うわさ》も、耳にしたでござる」

「ふむ、想定外の事態とは？」

「それが、情報が秘匿《ひとく》されているようで、まだ調べきれていないでござる。噂では先遣隊に何かがあったとか……詳しいことは分からぬでござるが」

忍者の言う「先遣隊」が鬼の魔物たちのことだとすれば、「想定外の事態」とは、俺によってその先遣隊が全滅《ぜんめつ》させられたこと……なのだろう。

念のため、そのこともあらかじめ話しておいた方がいいかもしれないな。

忍者の話が終わったタイミングで、真の勇者が意見を言おうとする前に、足を一歩前に踏み出す。真の勇者は空気を読んで黙ってくれたから、それに甘えて話をさせてもらうことにしよう。

「忍者、そのことなんだが……話がある。聞いてくれるか？」

俺が忍者に話しかけると、彼は真の勇者から俺へ視線を移した。アカリとシオリも、話を聞くために俺に改めて注意を向けてくれる。

「イッキ殿？　そういえば、イツキ殿は先んじて魔界に来ていたのでござるな。何か知っているでござるか？」

「ああ。というか、俺自身が当事者というか……お前が偵察中に手に入れた『先遣隊』とは、おそらく俺が戦って全滅させた魔物のことだと思う。だからおそらく、敵が言う『想定外の事態』っていうのは、何者かに先遣隊が全滅させられた……ことだろう」

真の勇者と忍者は、俺が嘘《うそ》をついているのではないかと言いたげな、疑《うたが》いの視線を向けてくる。

それはまあ、確かに。彼らが知る限り、俺は洗浄《ウォッシュ》という、戦闘には向いていないギフトを持っているだけの、一般的な勇者でしかないからな……

忍者の場合は、アカリやシオリの会話を盗み聞きすることで、俺が特殊な力を持っていることには気づいているようだ。だが、それでも海の向こうから侵略してきた魔物を一人で倒しきれるほどだとは思っていないのだろう。

というか、俺のラストワンのギフトを知っているアカリとシオリにも、この魔界でそんな戦闘があったと簡単に信じてもらえるだろうか……そう思って二人を見ると、どうやら彼女たちは俺のことを疑っている様子はなさそうだ。

「イツキ君の言っていることは、本当だと思うよ。実は、洞窟にいるときに私たち二人に、パーティーメンバーであるイツキ君から、大量の経験値が送られてきてたからね……」

「そうです。……あ、そういえば、イツキのステータスカードは預《あず》かったままなので、後で返しますね」

そうか、アカリとシオリは、俺と一緒のパーティーに入ったままになっているから、俺が鬼を倒して獲得《かくとく》した経験値が、二人のところにも送られていたのか。

そして、そういえばなくしたと思っていたステータスカードは、二人が拾ってくれていたんだな。話が終わったら、返してもらおう。

俺たち三人が口をそろえて「魔王軍の先遣隊は、俺がすでに討伐《とうばつ》した」と話をしていると、いつの間にか他の勇者たちも何人か集まっていた。声が、彼らの耳にも届いていたらしい。

真の勇者と忍者はどうやら信用してくれたようだが、周りの他の勇者たちからは冷たい視線を感じる。

そんな中、一人の小さな子供が他の勇者を押しのけて飛び出してきた。

よく見るとその子は、洞窟から出てきたときに真の勇者や忍者と並んでいた勇者だった。今までは別の仕事をしていたが、一段落したから俺たちの会話に交じることにしたのだろう。

「さっきの話、聞いてたよ！　ところで君、アカリやシオリと一緒にいるってことは、もしかして……」

「あ、ああ。俺も勇者の一人、名前はイツキだ。お前は？　真の勇者や忍者と一緒に行動していたから、大体の想像はつくが……」

「うん。僕も勇者。名前はヒガサで、ギフトは吸血鬼――Sレアのギフトだよ！　ねえ、ところで君は、どうやって魔物を倒したの？　僕と同じで、すごい強いギフトだったとか？」

「まあ、俺たち勇者は、レベルが上がればギフトに関係なく、ステータスは強くなるからな。敵から武器を奪って、それで戦って……って感じだな」

「へえ～、すごい！　僕も君みたいな、勇者になりたい！」

突然、背の低い少年に声をかけられたが、こいつもSレアの勇者だった。

言えるわけがないのだが、聖剣《ギフト》と魔剣のことを隠さざるをえないのは心苦しい。

それにしても、この世界は勇者として召喚された者とはいえ、こんな子供にまで責任を押しつけているのか。

Sレアの勇者なのだから、他の勇者に比べて強いのは間違いないのだろうが……まあ、深く考えるのはやめよう。

それと、吸血鬼からはよくわからない憧《あこが》れのようなものを抱《いだ》かれてしまったが、そのことについてもあまり考えないようにしよう。

期待に応《こた》えようとして何かを変えるのも馬鹿らしいし、そもそも期待にはどうやっても応《こた》えられそうにないからな。ありのままの俺を見て、とっとと夢から覚《さ》めてもらった方がいいだろう。

……吸血鬼だけでなく、真の勇者の方からも熱意のこもった視線を感じたが、まあこちらは俺の自意識過剰《かじょう》か何かだろうから、こちらこそ気にしないでおくことにしよう。

「……以上で、拙者からの報告は終わりでござる。お館様は、どう思うでござる？」

忍者は、この短時間で集められた情報を真の勇者に報告した。

その場に集まった全員が、真の勇者の発言を静かに待つ。

真の勇者は考え事をするように黙り込み、数秒後に「そうじゃな……」と言って話し出した。

「おそらくやつらは、勇者の存在には気づいておらぬ。想定外の事態というのも、せいぜい『強力な魔物が生息している影響で、連絡が取れなくなっている』程度に考えておるはずじゃ。じゃからまずは、その思い込みを利用して敵を撹乱《かくらん》する。そして最終的には、イツキ！」

真の勇者は全員に聞こえるように作戦を告《つ》げたあと、唐突《とうとつ》に俺の方に向き直った。

「ん？　な、なんだ？」

「これからワシは、お主を徹底的《てっていてき》に鍛《きた》え上げてやる！　アカリ……そしてシオリよ。お主らはこれからワシらの命令を無視してでも、イツキを守ることを最優先に行動するのじゃ！」

「もちろん、言われなくてもそうするよ！　ね、シオリちゃんもそうでしょ？」

「もちろんです。イツキも、とりあえず聖化《その状態》から元に戻るまでは休んでいてください。周りのことは気にしなくてもいいです。イツキのことは私とアカリで守りますから！」

そのまま忍者は引き続き敵の偵察に向かい、真の勇者と吸血鬼の少年は、他の勇者たちに色々と指示を出しはじめた。

真の勇者が何を考えているのかは分からないが、俺のことを鍛えると言っても、いきなり何かを始めるのではなく、やるべきことを片づけてからになりそうだ。

どうやら今の俺の仕事は、とにかく休んで少しでも体力を回復させることのようだ。

働いている勇者たちには悪いが、一足先にテントの中で休ませてもらうことにしよう……。


テントの中の、入り口に近いところで、壁にもたれて休んでいると、テントの入り口をめくって中に入ってこようとする気配を感じたので、薄目を開けて確認をする。

いつ魔物に襲われても対応できるように気をつけてはいたのだが、どうやら中に入ってきたのは、魔物でも知らない勇者の一人でもなく、シオリだった。俺は安心してもう一度目を閉じる。

シオリは俺を見つけると、俺が休んでいるすぐ隣に、同じように壁にもたれるようにして座り込んだ。そして、数秒間の沈黙《ちんもく》の後、不意に俺に話しかけた。

「イツキ、起きていますか？　……そろそろ、起きませんか？」

別に俺は狸《たぬき》寝入りをしたかったわけではなく、意識は起きていても、体が重くて動くのが面倒だっただけだ。

朝起きるときに、あと五分、と布団の中で休みたくなるあの感覚と似ている。

だが、わざわざシオリが起こしに来てくれたのだから、目を覚まさないのはさすがに失礼か。

「……起きた。……シオリ、俺は何時間ぐらい眠《ねむ》っていた？」

「さっき別れてから二時間ほど経《た》ちました。それよりも、真の勇者がイツキのことを捜しています。可能であれば、行った方がいいと思います。疲れはとれましたか？」

「そういえば、短時間でも休みをとったおかげか、かなり楽になったな……」

硬《かた》い床や壁にもたれかかって休んだだけなのだが、それでもその前と比べるとかなり体が楽になったように感じる。

もしかしたら、真の勇者から受け取ったあの薬のおかげかもしれないな。

聖剣のクールタイムが残っているから、聖化はまだ解除されていない。あと六時間ほどはこのままなので、今更どうすることもできないし、割り切るしかないだろう。

洞窟の中に外から日光が届くことはなく、ぽつりぽつりと光源が設置されている程度で薄暗いから時間が分からない。少し歩いて洞窟の外を見ると、ちょうど空が真《ま》っ赤《か》な夕焼けに染まっていた。

もうじき日が暮れる。勇者から作戦を聞いているわけではないのだが、今回俺たちは魔物にゲリラ戦を仕掛ける側《がわ》なので、日が沈《しず》んで、あたりが闇に包まれてからが本格的な活動時間になるのだろう。

「シオリ、真の勇者たちから、何か具体的な作戦を聞いているか?」

「いえ、詳しくは全員が揃ってから話すと言っていましたが……あ、そうでした。イツキ、これ、あなたの鞄《かばん》です。渡すの忘れてました」

「そういえば、どこかで落としたのを、拾ってくれてたんだったな……ありがとう」

「まったく、他の荷物はともかく、ステータスカードだけは落とさないようにしてくださいね」

「そうは言っても、あのときは必死だったからな……」

シオリは、俺の鞄《かばん》を持ってきてくれていたようだ。感謝の言葉を伝えると、照れたように苦言を呈《てい》しながら、そのまま投げるようにして鞄《かばん》を手渡してきた。

そういえば、俺が落とした鞄《かばん》の中にはステータスカードも入っていたんだったな。あれだけ魔物を倒したんだから、俺のレベルもかなり上がっていることが期待されるし、一度内容を確認してみよう。

明野樹
年齢：17
レベル：40
ギフト1：洗浄魔法

ギフト2：聖剣／魔剣召喚
スキルポイント：70（有効期限切れ）

俺のレベルは、魔界で魔物を倒しているうちに40まで上がっていたようだ。

スキルポイントは、俺が寝て休んでいる間に有効期限切れになってしまったみたいだが、期限が切れてもポイントが消滅するわけではないのか。

ということは、もしかしたら再利用する方法があるのかもしれない。

可能性としては……例えば、レベルが上がったら期限切れのポイントも復活するとか？

だとしたら、今まで急いで使い切っていたのがもったいなかったのだが……まあ過去の話をしても仕方ないか。

検証《けんしょう》してみてから、その結果をアカリとシオリと……ついでに他の勇者にも共有することにしようかな。

ステータスカードを鞄《かばん》に戻して洞窟の外に出ると、真の勇者と忍者と吸血鬼の三人と、それを他の勇者たちが取り囲むようにしているのが目に入った。アカリと猫は、その全員と少し距離をとるように離れた位置で待機していた。

どうやらまだ作戦会議は始まっていないらしい。俺とシオリが来るのを待っていたのだろう。アカリと猫のいるすぐ近くに歩いていくと、自然と視線は中央に立つ真の勇者へと向いた。

「イッキ、来たか。それではハルトよ、まずは説明を頼《たの》むのじゃ」

「お任せくだされ、お館様！　……それではまずは猫殿、敵戦力について、報告をしてほしいでござる」

会議の進行を任された忍者は、早速猫に話を振った。

忍者は忍者で敵のことを調べてはいるのだろうが、魔界のこととなると、彼よりも猫の方が詳しいはずだ。それに、猫たちは猫たちで独自《どくじ》に情報収集をしているにちがいないからな。忍者もそれを察したようだ。

考えてみると、敵の中に潜入《せんにゅう》するにしても、人の姿よりは猫の姿の方が怪しまれにくいだろうしな。

「まず敵は、海を越えた向こうの大陸を支配している魔王の軍勢にゃ。上陸済みの魔物が約三十部隊。今も続々と集結を続けているにゃ」

「拙者が調べた限りでも、同じような感触《かんしょく》でござる。それぞれの魔物のレベルが高く、直接戦って全滅させるというのは現実的ではないでござる……」

忍者の言う「強い」というのがどれぐらいなのかは分からないが、まさか真の勇者よりも強いことはないはずだ。

というか、そんなことになっていたら、俺たちにはもう勝ち目などないし、真の勇者や忍者たちもそもそも戦おうとすらしないはずだ。

逆に、真の勇者が「戦う」態度でいるということは、こちらの実力が劣《おと》っているわけではなく、せいぜい「戦えば勝てるだろうが、手強《てごわ》い」ぐらいなのだろう。……あとは、敵の数の多さが問題になってくるぐらいか。

「ハルト、そして猫よ、報告ご苦労。……聞いての通りじゃ。敵の個体は、ワシやハルトやヒガサであれば問題なく倒せる程度の実力じゃ。ただ残念なのじゃが、他の勇者が相手にするとなると厳《きび》しい戦いになる。だから多くの者には戦いに参加するのではなく、後方支援《しえん》で活躍してほしいのじゃ……」

どうやら、直接戦いに参加することになるのは、戦闘力のある一部の勇者だけで、他の勇者は戦力外ということらしい。確かにその理屈はわかるのだが、SSレアのギフトを持っているアカリはともかく、俺とシオリまで戦力に加えているとは意外だな。特に俺なんて、ついこの間まで「皿洗い」とか呼ばれていたぐらいなのに……

そう思っていると、戦力外となった勇者たちの中にも同じように考えて不満を持つ者がいたらしく、何人かが真の勇者に詰め寄っていく。

「待ってくれ勇者様！　俺たちが後方支援なのは……まあ、仕方がない。だがその三人……特に、その皿洗いが戦闘班っていうのは、おかしいんじゃないか？」

「そうです！　勇者様の『弱者を見捨てず育てよう』という考えには感銘《かんめい》を受けますが、

今はそれどころではありません！　そいつらも私どもと同じく、後方支援をさせておくべきです！」

てかこいつらは、よく俺のことを皿洗いの勇者と認識できたよな。見た目はかなり変わっているはずなのに。

「……ごめんなさい、イツキ。私が彼らに、あなたのことを話してしまったのです。『あなたたちが皿洗いと呼んでいた勇者を捜しにいくのだ』と。なので彼らからすると、今の姿のイツキこそが、皿洗いの勇者のことになるのですね……」

「あいつら、『イツキって誰だよ』ってうるさかったから、つい……ね」

シオリの弁明に、アカリがつけたした。

なるほど……つまりあいつらは、俺が皿洗いの勇者であることを認識していたから、真の勇者に「お前らは、最弱の勇者である皿洗い以下だ」と言われた気分になってしまったのだろう。

真の勇者はそんな様子に気づいたのか、勇者たちに向かって諭《さと》すように話しかける。

「まあ、少し落ち着くのじゃ。……それにお主らは、一つ勘違いをしておるぞ。ワシがイツキを連れて行こうとしているのは、決してこいつが弱いからではない。むしろイツキは、お主らなどよりも遥《はる》かに強い力を持っておる。何せこやつは次代の……いや、それはまあいいとして。いずれにせよ、イツキの実力もわからぬようなお主らを、これからの戦いに連れて行くわけにはいかぬのじゃ」

なんでこの爺さんは、俺をそんなに過大《かだい》評価しているんだ？　お前は俺の何を知っている？　……まさか、聖剣や魔剣のことを気づいたのか？

というか、仮に真の勇者本人が俺について何か知っているとしても、そんな説明では……

「真の勇者様！　お言葉ですが！」

「いくら真の勇者様のお言葉でも、それは納得できません！」

そりゃそうなるよな。これじゃあむしろ、火に油を注いだようなものだろう。

「こいつらはこう言っているが、どうするんだ？　俺としてはここに残って後方支援をしても構わないんだが……」

「ならぬ。アカリとシオリはともかく、お主は戦いに参加するのじゃ！」

仕方がないので別の案を出すことで勇者たちを納得させようとしたのだが、今度は真の勇者の方が納得いかないらしい。

「だから、俺はよくても、そんな説明だとこいつらが納得しないだろう……」

「イツキよ。この機会にお主の力を示してみせればよかろう！　……そうじゃな、ここにいる勇者全員をお主一人で倒すことができれば、文句を言う者はおるまい！」

挑発的なセリフを聞いて、さすがの勇者たちも声に怒気《どき》が混じりはじめた。

今までは、「勇者」というギフトを持った勇者だからという理由だけで従っていた者が大半だろう。これを機に考えを改めて――

「真の勇者様は、そこまで耄碌《もうろく》してしまったか……であれば仕方ない。証明しましょう、皿洗いの勇者の弱さと……」

「「我ら勇者の強さを！」」

勇者たちの意見を聞けば、真の勇者の俺に対する期待も収まるはずだ。しかし、思ったよりも、彼らの真の勇者への信頼は厚《あつ》かったようだ。そしてそのしわ寄せなのか、俺との戦いに勝つことで不満を解消する方針にまとまってしまったらしい。

こっちが勝てば勇者どもは納得するだろうし、逆に負ければ真の勇者が納得するだろうから、俺としては勝ち負けはどうでもいい。だけど、戦わずに逃げるというのは難しそうだ。仕方がないので適当に戦うか……

そう思って半《なか》ば諦《あきら》めかけていると、今まで黙って見ていたアカリが、助け船を出すために勇者たちに話しかけてくれた。

「ねえ君たち、そんなことをして格好悪いと思わないの？　イツキ君一人に大勢で……でも、そんなに戦いをしたいなら、私が相手になるよ？」

「いやアカリさん、あんたが強いのは知ってるからいいんだよ。俺たちは、あの皿洗いが……」

「イッキ君が君たちより弱いって言いたいの？　だとしたら、君たちには残念だけど、見る目がないね！」

……アカリさんや？　どうして君も、そんな喧嘩《けんか》を売るような口調《くちょう》なのかね？

もう少し穏便《おんびん》にまとめてくれてもいいと思うのだが……

「それに、仮にイッキが弱いとして、あなたたちは弱い者相手に囲んで叩《たた》いて、それで楽しいのですか？」

シオリさん？　別にこれは、悪口大会じゃないからな？

お前までアカリに便乗《びんじょう》しなくてもいいんだぞ？

アカリとシオリは、間違ってはいないのだが、勇者たちの逆鱗《げきりん》に触《ふ》れるようなことをポンポンと口にしていった。

そんな二人に煽《あお》られた勇者たちは、そのまま激高する……かと思ったら、むしろそれで冷静さを取り戻したらしい。

気づけば、騒《さわ》いでいるのは勇者の中の一部だけになり、周りの勇者からは冷たい目線を向けられていた。

それにより、自分たちの間違いに気がついたというよりは、自分たちが少数派であると気づかされただけというか……

「……くそっ、しらけたぜ。おいみんな、あんな女子に守られてるようなやつは放っておいて、俺たちは俺たちにできることをしよう！」

騒いでいた勇者たちが捨て台詞《ぜりふ》を残して洞窟の中に帰っていくと、何事もなかったかのように他の勇者たちもそれぞれの作業に戻っていった。彼らがどういう気持ちにせよ、俺としては穏便《おんびん》に片づいてくれて助かった。

「イツキ、あんな雑魚《ざこ》勇者どもは放っておいて、私たちは私たちの使命を果たしましょう」

「そうだよ、イツキ君！　大丈夫だよ、イツキ君は私が守るから！」

シオリもアカリもどこかずれている気がするのだが……まあいいか。

◇

結局この場に残ったのは、真の勇者と忍者と吸血鬼、俺とアカリとシオリの六人だけだった。

その後、俺たちは忍者に案内されて、敵が集まっている場所を一望できる丘の上へとたどり着く。

気づかれないように息を殺して見下《みお》ろすと、鬼のような魔物が無数にうごめいているのが見てとれた。

「皆の者、あれが敵の拠点でござる……」

「うわ、すごい数だね……」

「いち、にぃ、さん……数えるのが馬鹿らしいぐらいに集まっていますね」

忍者の言葉をきっかけに、アカリとシオリが感想を漏《も》らす。

そこにはいくつかの大きなテントが乱立している。そして、それとは別に、柵《さく》に囲われた中に鬼のような魔物が群れになって休んでいた。

ざっと見た感じ、一つの囲いの中に魔物が十体程度いて、そのコロニーが……二十ぐらい、だろうか。

数が多いのに加えて、並び方に規則性がないこともあって、正確な数は分からないが、いずれにせよ数百体の魔物がこの平地に集結している。

敵の数が果てしなく多いことを確認すると、忍者が改めて真の勇者に意見を聞いた。

「それで、お館様……いかがなさるでござるか？」

「そうじゃな。……ハルトよ、お主は一番強い敵がどこにいるか、分かるか？」

「そうでござるな……テントの中からは比較的強い魔物の気配を感じるでござる。しかし、その中で優劣《ゆうれつ》をつけるのは難しいでござる……」

「ふむ。ワシと同じ考えじゃな……おそらく、敵の大将はまだこの地に上陸をしておらぬのであろう。しかし、軍の統率者《とうそつしゃ》ならば、そう遠くにはおるまい。であれば、ヒガサよ！」

「……え？　僕？」

　突然話を振られた吸血鬼は、慌《あわ》てた様子で返事をした。

「うむ、お主にはやつらに奇襲《きしゅう》を仕掛けてほしいのじゃが……できるか？」

「適当に暴《あば》れればいいの？　そういうことなら任せて！」

「うむ。できるだけ派手《はで》に暴れてくれると助かるのじゃ。敵を殺すよりも、パニックを起こさせる感じで頼む」

「わかったよ！　今すぐ行けばいい？」

「タイミングまで含めて、お主自身に任せるのじゃ。あまり無理はせず、危《あぶ》なくなったら撤退《てったい》してもかまわぬぞ」

　真の勇者が作戦を伝えると、吸血鬼は羽を広げて意気揚々《いきようよう》と魔物の群れの方へと飛んでいった。

　危険な役割を任せられたはずなのに、どこか楽しそうに見えたのは、単に戦闘好きなだけなのか、それとも真の勇者に任されたことが嬉《うれ》しいのか……

「ハルトよ、お主にはヒガサのサポートを頼むのじゃ。ヒガサ一人に敵の意識が向かうようにすることと、いざとなったらヒガサを救出する任務《にんむ》を任せたい」

「拙者にお任せを！　拙者の命に替えてでも、見事に使命を果たしてみせるでござる！」

「いや、お主は自分の命を一番に考えよ。今回はあくまで陽動《ようどう》作戦……使命など二の次でいいのじゃ！」

「お気遣《きづか》い感謝つかまつる！　しからばこの命、真の勇者様のために使い果たしてみせましょう！」

「いや、お主……」

どうにも話が噛《か》み合っていないような気がするが、まあこれは忍者のロールプレイみたいなものだから、本当に命をかけたりするつもりはないだろう。もしかしたら、俺たちの緊張をほぐすための、忍者なりのジョークだったのかもしれない。

魔物の群れがいる平地へ飛び出していった二人を見送った真の勇者は、俺の方へ振り返る。

「ということで、イツキよ。お主には露払《つゆはら》いの役割を。アカリとシオリは、イツキの補助をお願いしたいのじゃが……」

「露払《つゆはら》い？　つまりどういうことだ？」

「これからヒガサとハルトが騒ぎを起こす。ここから見た限り、あの二人を相手にできる魔物は見当たらぬのじゃ。しかし騒ぎが大きくなれば、敵の首魁《しゅかい》も傍観《ぼうかん》を続けることはできぬであろう。急いでこちらにやってくるであろうよ。とはいえ軍の指揮官ともなれば、単独で動いているとは思えん」

「なるほど、つまり忍者と吸血鬼が暴れたのに釣《つ》り出された敵のボスを、真の勇者《あんた》が討伐するから、俺はその周りにいる雑魚《ざこ》を片づければいいんだな？」

「そういうことじゃ。期待しておるぞ」

真の勇者の強さを身をもって体験している俺からすれば、この人とぶつかり合える魔物の存在など想像もできない。つまりこの作戦の成否《せいひ》は、俺たちがいかに周りの雑魚《ざこ》を食い止められるかにかかっている。

重大な使命を与えられたことに緊張感を覚えつつ、しばらくあたりを観察していると、魔物の群れのど真ん中で巨大な火柱が立ち上った。

木製の柵や革製と思われるテントに次々と火が燃え移り、そして火柱の近くには燃えさかる炎を見ながら高笑《たかわら》いをしている吸血鬼の姿が……これじゃ、事情を知らない人が見たら、どっちが魔物だか分からないな。

吸血鬼は背中に羽を広げてふわりと浮き上がり、炎の上昇気流に乗ってさらに高度を上げていった。全体を見渡せる高さまで飛び上がると、そこからまた新《あら》たな火種をまき散《ち》らし、火災はさらに広がっていく……

ついさっきまでは夜の暗さと静けさに包まれていた空間が、炎が燃え上がる激《はげ》しい音と、魔物の断末魔《だんまつま》の悲鳴が折り重なっている、混沌《こんとん》とした空間に生まれ変わっていた。

「うわぁ……ひでぇ……」

見るに堪《た》えない地獄《じごく》のような光景があっという間に作り上げられたのを見て、思わず呟《つぶや》くが、どうやら効果はあったらしい。

「イツキよ、来たぞ」

「……っ、あれか！」

真の勇者に言われて海の向こうに視線を向けると、巨大な羽を広げた魔物がゆっくりとこちらに向かって移動していた。

あれがこの軍のボス、魔界の王子——魔王子なのだろう。

その周りには予想通り、護衛《ごえい》をしていると思われる強力な魔物が三体付き従っている。

「それじゃあ、俺たちは手はず通り、周りの魔物を片づける！」

「イツキ君、私も行くよ！」

「私も行きます。ちょうど敵の数も三人のようですしね！」

振り返らずに飛び出すと、アカリとシオリもついてきた。

アカリはともかく、シオリが魔物と戦うところは想像できないが、彼女も俺たちと同じ高レベルの勇者であることは間違いない。

敵の数が俺たちと同じ数である以上、シオリにも戦ってもらう必要がある……か。

「……俺は正面《しょうめん》の敵を。二人は両脇の魔物を！」

「分かった！　私は右を、シオリちゃんは左ね！」

「はい！　二人も気をつけてくださいね！」

二人の返事を確認した俺は、聖化によって強化された脚力でアカリとシオリを置き去りにして、あわよくばと護衛を無視して敵のボスへと突撃する。が……

「敵襲か！　だが、そうはさせん！」

敵のボスに向かって斬《き》りかかった俺の剣は、正面を守っていた護衛の剣によって防がれる。想定通りとはいえ、そうそううまくはいかないか。

だが、俺が突撃することで生まれた隙《すき》に真の勇者がすっと割り込んで、すぐに追いついたアカリとシオリも、それぞれの相手に奇襲を仕掛けることに成功する。

「イツキよ、よくやったのじゃ！　こやつはワシに任せて、お主はそいつらを片づけよ！」

真の勇者はそう言葉を残し、そのまま魔物のボスに攻撃を仕掛けながら、どんどん遠くに離れていった。

相変《あいか》わらず常識外《じょうしきはず》れのじいさんだが、これで俺の役目は無事に果たしたことになる。

後はこいつを倒すだけ、なのだが……

ガリガリと、金属製の剣同士がぶつかり合う鈍《にぶ》い音を響《ひび》かせつつ、魔物と俺とのつばぜり合いが始まった。

さすがは魔王子を守る護衛といったところか、剣を押し込んでもびくともしない。どうやら単純な力比べでは互角《ごかく》なようだ……

「ぐ……くそ、他の魔物とは比べものにならないぐらいに……強い！」

「貴様ら、何者だ！　まさか、この騒ぎを起こしているのは貴様らの仲間か！　一体何が目的だ！」

「お前らを放っておくと、いずれ人間界はひどいことになる……つまり、お前らは悪だ！　だから俺たちが、ここで倒す！」

人間界に残された人々のことを考えた瞬間に、拮抗《きっこう》していた力の天秤《てんびん》が少しだけ俺の方に傾《かたむ》いた。どうやら俺の聖化の力は、俺自身が正義を意識するほどに、力を増していくようだ。だったら……

「お前たちは、この地に生息している魔物まで蹂躙《じゅうりん》するつもりなのだろう？」

「だからどうした！　強い者が弱い者を支配する！　それの何がおかしいというのだ！」

こいつらは本当に、心からそう考えているのだろう。猫たちのことなど害獣程度にしか考えていなくて、自分たちこそがこの地を統《す》べる頂点にいると勘違いをしているようだ。

だが俺は、猫たちのことを考えることで、さらに聖化の力が強まった。

徐々に徐々に、俺の剣が力を増して押し切っていく。

「馬鹿な！　我々が、お前らのような劣等種《れっとうしゅ》に負けるわけがない！」

「残念だったな。俺が……俺たち勇者は、こんなところで負けるわけにはいかないんだ」

今の俺は、一人で戦っているわけではない。

真の勇者も強敵と戦っているだろうし、アカリとシオリも俺と同じく護衛の魔物と戦っている。

ともに戦っている仲間を意識したからか、俺の中の聖化がさらに力を増していった。

両手に握る、魔物から奪った安物の剣を白い光が包み込み……剣自体が聖剣のように姿を変えた。

「悪いな……だが、正義のために、お前はここで死んでくれ」

擬似的《ぎじてき》な聖剣を最後にぐっと押し込むと、敵の持つ剣さえも斬り裂《さ》いて、勢いのまま、敵の体へと突き刺さっていった。

剣で貫かれた魔物は、そのまま灰になり消えていく。

「よし、これでこいつはなんとかなったが……二人は？」

少し離れたところで戦っているアカリとシオリの様子を確認すると、それぞれ一体ずつの魔物を相手にしているようだった。

アカリは、神霊術による光を身に纏《まと》って身体能力を強化しているらしく、取り巻きの一人と正面からぶつかり合っている。シオリは左手に本、右手に杖といういかにも魔術師らしい装備で戦っている。どうやら本に書かれた魔術を杖で発動させているようで、敵に反撃の余裕も与えずに一方的に蹂躙《じゅうりん》していた。

二人ともギフトを使いこなすことで、魔物相手に優位に戦いを進めているみたいだし、これは俺が手助けをする必要はなさそうか。

真の勇者に視線を向けると、こちらも一方的に魔王子を蹂躙《じゅうりん》している。

魔王子は、真の勇者の剣を防ぐだけで精一杯《せいいっぱい》で、その様子はまるで弱いものいじめをしているようにも見えるほどだった。

むしろあの魔王子は、あの嵐のような攻撃をよく防いでいると思う……

「イッキよ！　ワシのことはいい！　それよりも周りの魔物を！」

「あ、ああ……分かった！　任せておけ！」

真の勇者は、戦いの最中にもかかわらず、俺が手助けに来たことに気がつき、こちらから何かを言う前に次にするべきことを命令してきた。

言われてみると、確かにいつの間にか俺たちは剣を構える魔物や、羽で空を飛びながら弓矢を構える魔物に取り囲まれつつあった。

魔物を倒したときに剣についた血糊《ちのり》を洗浄のギフトで洗い落とし、次々と襲いくる魔物を一体ずつ剣で薙《な》でるように斬り裂いて葬《ほうむ》る。そして、その魔物が持っていた剣を投擲《とうてき》することで、空を飛ぶ魔物も打ち落としていく。

敵のボスを護衛していた魔物と比べると、これらの魔物はたいした力を持っていないので、簡単に倒すことができる。だが、なにせ数が多い。

倒しても倒しても次々と湧《わ》き出して、飛びかかってくる。海の向こうからも、羽の生えた魔物が絶《た》え間《ま》なく補充《ほじゅう》され、矢の雨を途切《とぎ》れることなく降らせ続けるから、常に移動して避け続けなければならない。

いい加減に終わりにしたいと思って、真の勇者の様子を改めて確認すると……まだ決着はついていなかった。相変わらず一方的な展開が続いているようだが、相手も魔王の息子だけあって、実はなかなか強敵なのかもしれないな。

「とりあえず、真の勇者の戦いが終わるぐらいまでは持ちこたえる必要がある。もしかしたら、先の長い戦いなのかもしれない……」

「よそ見とは、随分《ずいぶん》と余裕だな！　親父の仇《かたき》、取らせてもらうぞ！」

俺が真の勇者の戦いに気をとられていると、いつの間にか上空からの弓矢による攻撃がやみ、一匹の魔物が悠々《ゆうゆう》と降りてきて俺の目の前に着地した。

他の魔物と比べて明らかに豪華《ごうか》な武装をしている。もしかしたら、将軍クラスとかの魔物なのかもしれないが……

「親父？　どれのことだ？」

その魔物に対し、俺が問いかける。

「〜〜っ！　お前が最初に、卑怯《ひきょう》な不意打ちで殺した相手のことだ！」

「いやあれは……いずれにせよ、お前らは魔物だから、俺たちとは戦い合う運命というか……」

「問答無用《もんどうむよう》！　死ね！」

自暴自棄《じぼうじき》になったかのように魔物が突撃してきたので、重心をずらして回避《かいひ》して、相手がバランスを崩《くず》したところを後ろから斬りつける。

背中から大量の血を噴《ふ》き出した魔物は俺に返り血を浴《あ》びせ、そのまま灰のように崩れて死んでいく。

俺にかかった血は自動洗浄で綺麗《きれい》に洗い落とされるが、まるで冷水を浴びせられたみたいに、心と体の温度が一気に下がった。

まるで失われていた理性、冷静さが突然戻ってきたように、心が冷え切っていく。

「そうか、俺は、殺していたのか……」

どうやら魔物たちにも、親がいるらしい。友のように親しい者がいれば、恋人のような者もいるのだろう。

猫たちを見て、そんなことにはとっくに気づいていた、知っていたはずなのに、敵だという理由だけで俺は……

だけど仕方がないじゃないか。だってここを死守しないと、人間界が蹂躙《じゅうりん》されることになる。そうしたら今度は、俺たちが殺される立場になってしまう！

「全軍！　突撃！　襲撃者を滅《ほろ》ぼせ！　仲間たちの仇《かたき》を取るのだ！」

「「「グォオオオ！」」」

どうやら今、敵の標的《ひょうてき》は俺一人に定まったらしい。

これ以上殺すのは嫌だ。せめて少し考える時間を、頭を、心を、整理する時間が欲しい。

だけど敵は俺のことを待ってくれないし、俺の体は勝手に動く。敵の攻撃を紙一重《かみひとえ》で回避して、突き、薙《な》ぎ払い、敵を斬り殺す。

頭をかがめて回避して、突き出された槍《やり》を踏みつけて、距離を詰めて首を斬り落とす。

「そうだ、これはあのとき、魔物に殺された村の人たちの仇討《かたきう》ちをしているだけなんだ。先に手を出したのはあいつらなんだ。俺は悪くない……」

「何をごちゃごちゃと言っている！　次は俺様が相手だ！」

目の前に現れたのは、三メートルを超すのではないかと思えるぐらいの、巨大な魔物だった。

全身が鎧《よろい》のような筋肉に覆《おお》われていて、生半可《なまはんか》な刃物では傷一つつけることができないだろう。

「お前の相手は、この剣では無理か。……残り時間はあと五秒。それだけあれば、十分だな」

敵を殺しすぎて刃こぼれがひどくなった魔物から奪った剣を投げ捨てて、魔剣をいつでも召喚できるように左手に集中し……

「イツキ！　無茶をするな、一旦《いったん》撤退するのじゃ！」

「無茶？　俺はこいつを倒せる。無茶なんかじゃない！」

「周りを見るのじゃ！　それを倒して終わりではないのじゃぞ！」

「周り……」

真の勇者に言われて改めて周囲を確認すると、この魔物よりも遥《はる》かに大きな……まるでドラゴンのようなシルエットの巨大な何かが、この大陸に近づいていた。そしてそれに加え……

「アカリ！　シオリ！」

アカリとシオリは護衛とは別の魔物に襲われたのか、全身が血塗《ちまみ》れになっていて、それでも今も獣のような魔物の群れと対峙《たいじ》している。

「イッキ君！　私たちは今のところは ま だ 大丈夫。でもそろそろ限界かも……」

「イツキ！　撤退しましょう！　このままでは勝ち目がありません！」

「すまぬ、ワシも敵のボスには逃げられてしまったのじゃ。ここで戦い続ける意味はない。今すぐに撤退を。ハルトとヒガサにはすでに合図を送っておる。手遅れになる前に、早く！」

真の勇者が懐《ふところ》から取り出した玉を大量にばら撒《ま》くと、地面に落ちたそれから大量の煙《けむり》が噴き出して、あたり一面を覆う。

「一度バラバラに逃げて、その後ワシらの拠点で合流するのじゃ！　よいな！」

「あ、ああ……分かった！」

どうやらこの煙には、魔物たちの感覚を狂わせる効果があるらしく、目の前にいるはずの俺の姿が、あいつらからは見えていないようだった。

「どこだ！　逃げるのか！　俺様と戦え！　この卑怯者《ひきょうもの》！」

俺に戦いを挑んでいる巨大な魔物も、煙を吸って俺のことを見失っている。

今のこいつなら、魔剣を出すまでもなく簡単に殺すことができるだろう。

人間界のことを考えたら、ここで倒して少しでも凶悪な魔物の数を減《へ》らしておくことこそが正義なのかもしれないが……どうしても俺は、そんなつもりにはなれなかった。

俺は今まで何をしていたんだろう。俺は一体、何をしたいんだろう。

正しいことをしてきたつもりでも、どうやら俺は、正義にはなれなかったようだ。

多くの敵と戦って、殺して殺して殺して……

殺すことが正しいと割り切っていたはずなのに、今は目の前の凶悪な敵を一人殺すことさえ躊躇《ためら》っている。

こいつをここで見逃したからといって、俺がこいつらに許されるということはないだろう。

だから俺がこいつを見逃すのは、俺自身がこの葛藤《かっとう》から逃げ出すためなのだと思う。見逃されているのは、俺の方だ。ここでこいつを倒さなかったからといって、何かが解決するわけではない。

だけどここで俺が、無防備な状態のこいつを倒してしまうと、俺はもう戻ってくることができなくなってしまうような気がするから。

「……悪いな。俺はお前とは戦わない」

暴れ狂う魔物に背を向けて、俺は真の勇者に言われた通り、その場を離脱《りだつ》した。

◇

仲間たちと別れて、その後敵をまくためにばらばらの方向へと走り、魔物の追跡《ついせき》を振り切ってから拠点としている洞窟に戻ると、さっきのメンバーがすでに全員そろっていた。

敵をあざむこうと遠回りをしたり、帰り道が分からなくなって回り道をした結果、どうやら一番最後になってしまったらしい。道中いろいろあったが、最終的に戻ってくることはできたのだから、迷子《まいご》になったわけではない。少なくともこいつらの前では何食わぬ顔をしておくことにしよう……

「あ、イツキ君……お帰り！」

「ああ、戻ったぞ、アカリ。どうやら俺が最後みたいだがな……」

真の勇者とアカリとシオリ、それに忍者と吸血鬼たちは、全員で洞窟の壁際《かべぎわ》に集まって、小さなランプのような光源を囲んで話し合いをしているところだった。

「イツキ、無事でしたか……なかなか帰ってこないので心配しましたよ」

「まあ、少し寄り道をしたからな。心配させたなら悪かったが……シオリ、お前とアカリは大丈夫なのか？　二人とも、随分とボロボロになっているように見えるが……」

シオリとアカリの様子を見ると、顔や服がボロボロというか、全身泥《どろ》まみれになっている。それに、先ほどの戦いでも見た血の跡《あと》も残っていた。

「私のこれは、返り血だから大丈夫だよ。服の予備はあるんだけど、汚《よご》れを落とさないで着替えても意味ないからね……」

「そういうことなら……ほら、これで汚れは落ちたはずだ」

アカリとシオリの肩に片手をそれぞれそっと置いて、洗浄のギフトを発動させると、二人の全身にこびりついていた泥や返り血が一瞬にして蒸発《じょうはつ》するように消滅した。

綺麗《きれい》になって「ありがとう」と礼を伝える二人を改めて観察すると、服の上から見える範囲に怪我《けが》などは特にしていない様子。

二人が無事で何よりだ……。

汚れているのは二人だけではないだろうから、他の勇者たちにも同じことをしてやろうかと思っていると、アカリが不意に深刻《しんこく》そうな表情を浮かべた。

「あ、そうだ、イツキ君……私たちよりも、おじいさん勇者が大変なの！」

そういえば、俺たちが撤退するときに真の勇者は「敵に逃げられた」と言っていた気がする。

あれだけ圧倒していた敵を逃がす状況というのは、少し想像するのが難しい。

何があったのか気になって真の勇者を見る。壁にもたれかかって座っているが、目を開いて俺たちの話を聞いているので、眠っているわけではない。そんな彼に俺は近づいて、問い詰めることにした。

「真の勇者……お前、あの状況で敵を逃したのか？　どうしてだ？」

もしこれが、俺が最後の敵を見逃したときと同じく「情」が理由だとしたら、俺は真の勇者を殴《なぐ》ってでも目を覚まさせてやる必要がある。自分のことを棚《たな》に上げているのは自覚している。しかし、真の勇者が戦っていたのは敵のボス、魔王子だ。彼を見逃したら、こちらが滅ぼされる可能性がある。「情」に流されていい相手ではない。

そう思ったのだが、返ってきた答えはそんな単純なものではなかった。

「すまぬ……どうやら敵の首魁《しゅかい》は、全身に魔術を纏《まと》っていたようなのじゃ。やつの左腕を斬り落としたのじゃが、傷口から血とは別の、呪いのようなものが噴き出し……おかげで、見よ。ワシの手はこの有様《ありさま》じゃ」

真の勇者の左手を見ると、セメントを固めて作ったコンクリートのごとく灰色に染まっていた。もう片方の、無事な方の手の甲《こう》で軽く叩《たた》くと、コンコンと硬い音がする。どうやら完全に固まって石になっている。

「おそらく石化の呪いじゃ。湯川が作った解呪薬を使っているのじゃが、回復の兆《きざ》しも見えぬ……」

湯川……錬金術師の名前だろうな。つまり真の勇者にかけられた石化の呪いは、Ｓレアギフトの所有者が作った解呪薬でも効果がなかったのだ。よほど強力な能力らしい。

「……試《ため》しに俺のギフトを使ってみるか？」

「お主のギフトは、洗浄じゃったか……そうじゃの、試してみてくれるか？」

真の勇者が差し出した石化した左手を俺の両手で握り込むと、石像に触れているのかと錯覚《さっかく》するほど冷たかった。

そのまま洗浄のギフトを全力で発動させるのだが、どれだけ力を込めても全く変化は見られなかった……

「ふむ……おそらくワシの腕は、完全に石に変化してしまっているようじゃ。治せないかといって、お主が気に病《や》む必要はないぞ……」

「どうやらそうみたいだな。役に立てなくて、すまない……」

「元から期待してなかったから、それはよい。それよりもこの後の方針じゃが……」

真の勇者は手袋をして、石化した左手を隠し、何事もなかったかのように話を続けた。

「敵はおそらく、ワシらの次の襲撃に対して警戒を強めてくるじゃろう。同じ方法が二度通用するとは思えぬ……」

最終的に敵に逃げられはしたものの、さっきの襲撃はそこそこうまくいったと言える。

だがそれはあくまで、あれが不意打ちだったからであって、警戒している相手の隙《すき》をつくのは難しい。

むしろ手をこまねいているうちに、俺たちが隠れているこの洞窟まで見つかってしまう可能性も高いから、早急に次の作戦を考える必要がある。

「やつらの築城《ちくじょう》は防ぎつつあるが、失敗したときのことも考えねばならぬ。じゃからワシは、班を二つに分けるべきじゃと、判断した」

「……二手に分かれるっていうこと？　それはどういう意味なの、おじいさん？」

言われたことの意味を理解するために考えかけたのだが、それよりも早くアカリが真の勇者に聞き返した。

俺も含めて、どうやら全員同じ感想なのか、口を挟《はさ》まずに答えを待つと、彼は「うむ……」と言葉を選びつつ、考えを語りはじめた。

「やつらの、城の建築を邪魔《じゃま》することだけを考えるのであれば、ここにいる全員で妨害するのが最も確実なのは、事実じゃ。……じゃが、おそらくそれでも成功する確率はかなり低いのじゃ」

「確かに、それはそうだな。仮にあの敵のボスを倒したところで、それで築城が止まるという保証はないからな」

「なるほどでござる……」

　俺と忍者が同意の声を漏らす。

　真の勇者の言うことは、確かに理にかなっている気がする。真の勇者ですら敵のボスを倒すのは一筋縄《ひとすじなわ》ではいかないようだし、海の向こうからはおそらく今も、新たな魔物が補充され続けている。だから、なんとかボスを倒した次の瞬間に新ボス登場という展開もあり得なくはない。

「イツキの言う通りじゃ。じゃからこそ、危険はあるが二手に分かれる。ワシとイツキ……それに、アカリとシオリはここに残ってやつらの妨害を。ハルトとヒガサは、他の勇者を連れて王宮へと帰り、今の状態を伝えてほしいのじゃ……」

「承知《しょうち》したでござる。伝令の役割は拙者に任せるでござる！」

「だとしたら、僕の役目はどっちかっていうと、他の勇者の保護者みたいな感じかな？　ハルトと比べたら、大した任務じゃないけれど、頑張《がんば》るよ！」

　王に伝えるだけであれば、忍者一人に向かわせる方が効率的だろう。他の勇者たちを人間界へ帰すのは、これからの戦いで彼らが邪魔になることを恐れたからではないかと思う。

　口には出さないが、どうやら彼は戦いについてこられない勇者のことを疎《うと》ましく思っているようにも感じる。実際のところ、人質《ひとじち》に取られたりすると面倒なことになるから、その気持ちはわからないでもない。

「分かった。俺たちは、真の勇者のサポートをすればいいんだな？」

「そういうことじゃ、イツキ。アカリとシオリは後方支援を。イツキはワシとともに、前線で戦ってほしいのじゃ……」

冷静に考えて、俺よりもＳＳレアのギフトを持っているアカリの方が戦力になりそうなものだが、真の勇者が相棒《あいぼう》に選んだのは他の誰でもない俺だった。

理由は俺には計《はか》り知れないが、頼まれたのなら、石化した彼の左手分ぐらいの働きはできるように、頑張《がんば》りたいところだ……

◇

地上には魔物が出没《しゅつぼつ》するし、山などの障害物があったから、乗り越えるか迂回《うかい》しなくてはならないのだが、洞窟から地上に出る手段がない以上、地上を歩いて向かうことにしたようだ。

忍者や吸血鬼とその他の勇者たちが人間界のある方角へと旅立っていくのを見送ると、俺たちは次の行動に移ることにした。

可能な限り物音を立てないように、気配を殺して見晴らしのいい高台の上に移動すると、海の向こうから飛んできた魔物たちが活動している様子が一望できた。

「ふむ……まずいのじゃ」

「真の勇者、一体何がまずいんだ？」

「イツキよ、あのあたりを見るのじゃ。すでに城の土台が完成しつつある」

真の勇者が指差す方向に目を向けると、そこでは土が盛《も》られ土台ができようとしていた。

魔物たちが来る前まではそんなものなかったはずなのに、たった数時間でここまで作り上げたということか……

「いくらなんでも、早すぎないか？」

「やつらは人間以上の身体能力を持っているようじゃ。ワシら人間の基準《きじゅん》で考えるのはやめた方がいいのかもしれん……」

作業現場を見ると、普通は重機でも使わないと運ぶことができなそうな建材を、たった数匹の魔物でいともたやすく運んでいる。

魔物の数が多いことと、それぞれの基礎《きそ》スペックが高いことを考えれば、この進捗《しんちょく》の早さもある程度納得がいく。

それに加えて、シオリがとあることに気がついた。

「あの魔物たち、奴隷《どれい》……のような扱《あつか》いを受けているように、見えませんか？」

「シオリちゃんの言う通りだね。鞭《むち》を振って偉《えら》そうにしている魔物と、今にも死にそうな顔で重労働している魔物がいて……」

アカリが頷《うなず》いた。

「なるほど、そういうことじゃったか。それも建築が早いのに影響しておるのじゃろうな……」

どうやら魔物たちの中にも格差が存在するらしい。

人に近い姿をした魔物は命令を出すばかりでほとんど仕事をせず、四足歩行の魔物や醜《みにく》い小鬼の姿をした魔物は酷使《こくし》されているように見える。

奴隷制が存在しない日本という国の出身だからなのか、見ていていい気分にはならない。

ただ、限界以上の能力を引き出して、労力を使い捨てにできるこの仕組みは、人権さえ無視すれば効率的な方法なのかもしれない。

それでも、俺たちはまねをしようとは思えないが……

「真の勇者、俺たちはどうするんだ？」

「そうじゃな……敵の首魁《しゅかい》は見当たらぬし、あの土台を崩したところで焼け石に水じゃ。今日のところは作業を遅らせる目的で……やつらを襲うのが効率がよさそうじゃ」

真の勇者が指差す方向には、海の向こうから運んできた木材を次々に地上に積み下ろしている魔物の群れが見えた。

いくら魔物の力が強いとはいえ、太さだけでも体格の数倍はあるような巨大な木材を運ぶのは一筋縄ではいかないらしい。

木の柱一本につき十匹ぐらいの魔物が力を合わせて運んできていたが、その姿は隙《すき》だらけのようにも見える。

「見たところあの木材は、これから建《た》てようとしている城の大黒柱に使うつもりのようじゃ。あれを破壊すれば、計画をかなり遅らせることができるであろう。イッキたちは運び手を倒して、あれを破壊してほしい。ワシも取り巻きを始末したあと、木材を破壊していく」

「そういうことなら、任せてくれ。ただ、俺は今丸腰の状態だから、何か代わりの武器があったら貸してほしいんだが、予備の武器を持っていたりしないか？」

「そのようじゃな。ではお主にはこれを貸そう。使いこなしてみせよ！」

「この剣は……」

真の勇者に何気《なにげ》なく渡されたのは、彼がメイン武器として使っているはずの、両手持ちの大剣だった。

相変わらず半透明《はんとうめい》に透《す》き通っていて、莫大《ばくだい》なエネルギーに包まれているのが感じられる。

「この剣をお主に託《たく》すのじゃ。……ワシの戦闘スタイルとは合っておらぬしの！」

「……これは、真の勇者が王宮から与えられたものじゃなかったのか？　俺なんかが受け取るわけには……」

「そんなことは気にせずともよい。ワシの片手はこんな状態じゃ。それでなくとも、この剣はいずれお主に託すつもりであったからの……」

確かに、左手が完全に石のように固まってしまっている状態では、いくら真の勇者でも大剣をふりまわすのは難しいだろう。

真の勇者から両手剣を受け取ると、両手で剣の柄《つか》をしっかりと握った瞬間、ピリリと電流が走る感覚に襲われた。

「どうじゃ、無事に認証は完了したかの？」

「認証？　このピリッてしたやつか？」

「そう、それじゃ。試しに剣を放り投げてから『戻ってこい』と念じてみるのじゃ」

「投げる？　こうか？」

投げるというよりは、その場に置く感覚で手を離す。すると、剣はざくっと地面に刺さった。続けて、その剣に向けて手を伸《の》ばして「戻れ！」と命ずると、剣は地面から抜けてヒュンヒュンと回転しながら俺の手にすっと収まった。

「どうやらうまくいったようじゃな。これで……確か、名は宝剣『空割《ソラワリ》』とかいったかの？　とにかくこれで、その剣はイツキの所有物となったのじゃ」

片手に収まった両手剣は、さっき地面に落ちたときの音からは想像できないぐらい、全く重さを感じなかった。

俺の思った通りに動く。まるで自分の腕の一部のように。

「ありがたく、大切に使わせてもらうが……どうして俺だったんだ？　吸血鬼や忍者の方が、能力的には優秀《ゆうしゅう》なはずだが」

「イツキよ……お主がワシの見込んだ通りの男であれば、いずれ話すときが来る。じゃから今は、とにかく人間界を守ることだけを考えてほしいのじゃ」

真の勇者は何かを話そうとして――実際に何かを話しかけたのだが、最終的に「いや、今はまだ早い」といって口をつぐんだ。

問い詰めたところで話すつもりはなさそうだし、この話はこれで終わりにしよう。

「……それで、今から俺はあの魔物どものもとへ向かえばいいんだな？」

「ああ、そうじゃ。今すぐ行けるか？」

「大丈夫だ。アカリとシオリも大丈夫か？」

「いつでも大丈夫だよ、イツキ君！」

「私も、いつでも問題ありません。行きましょう、イツキ！」

これから俺はまた、罪があるかないかも分からない魔物をたくさん殺すのだろう。

真の勇者は「木材だけ破壊すればよい」と言っていたが、敵がそれをすんなり許すとは思えない。

荷運びをする奴隷であっても、敵は敵。魔物は魔物。反撃もしてくるだろうし、油断《ゆだん》をしたらこちらが危ない。もしかしたら、こちらが返り討ちに遭《あ》ってしまう可能性も十分にある。

だけど、そうして自分の体が傷つく以上に怖《こわ》いのは、魔物を殺すことを、いつの間にか当たり前のように感じはじめていること……だろうか。

この世界に来る前の俺は、生き物を殺すことに抵抗を覚える気弱な性格だった。しかし、今は「人間を守るため」という理由を使って、簡単に敵を殺すことができてしまう。

かつての自分が、壊《こわ》れて失われてしまったみたいで。そしてこれから戦い続けることで、戻ってくることができなくなりそうで……怖い。

だけど結局、悩《なや》んだところで戦う以外の道がない。俺がここで逃げるのは、人間界を見捨てることを意味している。

燃え盛《さか》る炎、崩れゆく建物と人。何もできずに恐怖に怯《おび》えて蹲《うずくま》るのはもう嫌だ。

「よし、じゃあやるぞ。……一気に行くから、みんなついてきてくれよ」

「わかった！」

「わかりました！」

「任せるのじゃ！」

◇

いた。

俺たちは物陰《ものかげ》に隠れながら移動して、木材を運んでいる魔物たちのすぐ近くまで来て
魔物が木材を運ぶかけ声まで聞こえる距離まで近づいているのだが、どうやら今のところ敵に気づかれた気配はなさそうだ。

「イツキ君、これ……」

「使ってください。これを貼《は》りつければ、あれぐらいなら燃やせるはずです。真の勇者も半分受け取ってください」

茂みに隠れて様子をうかがっていると、アカリとシオリから、紙でできた札のようなものを渡された。

この札は、アカリが使う神霊術の能力で生み出した精霊を、シオリの図書館の知識で閉じ込めたもので、何かに貼りつけることで封印が解放されて、能力が発現するらしい。

今回受け取ったこの紙には、炎の精霊が宿っているので、貼りつけることで対象を燃やし尽《つ》くすことができる。

通常の魔術で対象の外側から火をつけるには大量のエネルギーが必要になるのだが、この方法なら対象の内側に作用するので、効率的に燃やすことができるらしい。

ただ、アカリはこの札に封じられた精霊の維持に集中力を使うことになり、彼女の護衛としてシオリにそばにいてもらう必要はあるのだが……

まあ今回は、戦闘が目的ではないので、俺と真の勇者の二人で作戦を実行することにすれば問題ないか。

真の勇者から受け取った宝剣は、いつでも抜けるように背中に吊《つ》るしておいて、二人から受け取った精霊の札もすぐに取り出せるように、ポケットの中にしまっておく。

ちなみにこの札は、俺と真の勇者がそれぞれ五枚ずつ、合わせて十枚しかない。だが、敵が運んでいる木材は、城の支柱になる重要なもののため、数本燃やすだけでも、城の建築をかなり遅らせることができるらしい。

「すぅ……さて、いくか」

心を落ち着けるために息を吸い込んで、俺の隣で身をかがめている真の勇者に目配《めくば》せをしたら、そのまま一気に走り出す。

ついさっき大きな騒ぎを起こしたばかりだから、警戒されていることも予想していたが、特に邪魔はされずに、木材を運んでいる魔物の集団へと突撃をすることができた。

魔物たちは、突然襲ってきた俺に対して反撃をしないで、蜘蛛《くも》の子を散らすように逃げ出してしまった。俺は逃げる魔物は追わずに、彼らが運んでいた木材へとゆっくり近づいていく。

「さて、どうなるかな」

精霊の封じられた札を一枚取り出して、横倒しになっている木材にぺたりと貼りつけると、まるで新聞紙に火をつけたみたいに炎が燃え広がっていく。そして、ずっしりとした木材が、あっという間に灰になって崩れていった。

　少なくともこれで、この木を建材として使うことはできないだろう。

「さて、じゃあ次は……」

　木材が半分以上焼失したのを確認してから、次の目標を定めようと周囲に視線をやると、すでに別の場所でも同じような騒ぎが起きていた。

　それも、一カ所ではなく、少し離れた二カ所から煙が上がっている。

　どうやら真の勇者は早くも二本目の木材に札を貼り終わり、すでに三本目に取りかかっているらしい。

「まったく、こんなことなら最初から全部、真の勇者に任せた方がよかったんじゃないのか？」

　思わずそんな呟《つぶや》きが漏れるが、愚痴《ぐち》っていても仕方がない。俺も次の仕事に移るとしよう。

　今度は、少し離れた位置で右往左往《うおうさおう》している魔物たちに狙《ねら》いを定めることにする。

　どうやらこの魔物たちは、あちこちで騒ぎが起きているにもかかわらず、何をすればいいのか分からないようだ。

　彼らのところへ走り出そうとした瞬間……陸地側の上空から、強い殺気《さっき》のようなものが俺に向かって発せられ、思わず足を止めてしまった。

「……なんだ？」

気配のする方角に目を向けると、燃え盛る炎の光に照らされて、一人の魔物が羽を広げてこちらに近づいてきていた。

どうやらその魔物は、俺がいるここに、一直線に向かってきているようだ。

「チッ……やっぱり見つかるよな。真の勇者はうまいこと隠れてるみたいだが……」

また別の場所で、新たな火柱が立ち上がる。だが、飛んでくる魔物の標的は俺から変わらない。

真の勇者はどうやら姿を見せないようにしながら火をつけて回っているらしく、敵は姿が見えない真の勇者よりも、姿が見える俺のことを優先しているのだろう。

近くには身を隠せそうな場所も何カ所かあるが、敵からすでに捕捉《ほそく》されてしまっている以上、下手《へた》に隠れるよりも、やはりここは迎《むか》え撃《う》つ方がいい。

勇者から渡されている宝剣を正面に構えると、魔物は俺の目の前、歩いて数歩の距離に着陸して、周りの惨状《さんじょう》を確認しつつ口を開いた。

「クソが……やってくれたな！　……ん？　お前、あのときのジジイじゃねえのか……まあいい、俺たちの邪魔をする者は、ここで死ね！」

「お前、真の勇者と戦っていた……」

目の前に立つ敵の姿を確認すると、そいつには左腕から先がなく、体中に生々《なまなま》しい傷跡《きずあと》が残っていた。確かにこいつは、あの魔王子だ。

丁寧《ていねい》に羽を折りたたんでいるその様子は、一見すると隙《すき》だらけのようにも見えるが……

「……なんだ？　こっちからさそってやっているのに、お前は攻める勇気もないのか？　勇者とは、名ばかりの存在だったのか、それともお前は勇者ではないのか？」

やはりこの隙《すき》は、罠《わな》だったらしい。だが、こいつは少し気になることも言っていたな……

「お前、勇者のことを知っているのか？」

「知っているも何も、お前たちは勇者ではないのか？　人間界で召喚されたという……まさか、違うのか？」

「いや、間違ってはいないが……」

なんだ？　なんでこいつは、魔界という遠く離れた場所に住んでいるはずなのに、こんなにも勇者について詳しいんだ？　そういえば、あのとき村に攻めてきた魔物も「勇者のくせに」とかそんなことを言っていたような気が……

「お前らは、勇者について一体、何を知っているんだ？」

「フッ……。そういうお前は、勇者のくせに何も知らないようだな。見ていて滑稽《こっけい》だぜ」

魔王子は嘲笑《ちょうしょう》を返し、そのまま「話は終わり」と言わんばかりに腰に下げている剣を引き抜いた。

ついさっきまでの隙《すき》だらけの態度とは違い、重く苛烈《かれつ》なプレッシャーが感じられる。

真の勇者と対面したときほどではないが、少なくとも前世では味わったことのない、明確な殺意。

俺も慌《あわ》てて剣を構え直すが、どうしても勝てるビジョンが思い浮かばない。

このままでは、勝てない。だがそれでも、戦わなければ無意味に殺されて終わってしまう。

覚悟を決めて、一歩踏み出そうとした瞬間、燃え尽きて灰になった木材が、風に吹かれたように思い切り舞い上がり、俺と敵の視線を一瞬にして遮《さえぎ》った。

「イツキよ、そやつと戦うのはまだ早い！　今は逃げるのじゃ！」

どうやらこの灰は、真の勇者によって巻き上げられたようだ。

俺は、真の勇者に手を引かれて、この場を離脱する。

少しずつ、敵の殺気が遠のいていくのが分かる。どうやら、灰に紛《まぎ》れたおかげで逃げ切ることに成功したようだ。

真の勇者は走りながら「目的は達成した。これでやつらは当分の間、城の建築に着手ができぬはず……この場はワシらの勝利なのじゃ」と言っているが、とてもそのような気持ちにはなれない。

また、勝てなかった。今度は戦うこともできなかった。

悔《くや》しさを噛《か》みしめつつ、真の勇者について走ると、やがて洞窟が見えてきた。

「おかえり、イツキ君！」

「イツキ、無事で何よりです」

アカリとシオリは一足先に戻ってきていたようだ。

全員無事で作戦がうまくいってよかったという気持ちと、俺自身の無力感とが、心の中で鬩《せめ》ぎ合う。

「俺は一体……」

「これで当分は時間を稼《かせ》げるのじゃ。今は休め。そして次の戦いに備《そな》えるのじゃ」

確かに今の俺は、肉体的にも精神的にも疲弊《ひへい》しているのかもしれない。

真の勇者の言葉に甘えて、少し休ませてもらうことにしようかな……

第二章　赤髪勇者の物語

暮星勇太《くれほしゆうた》
年齢：18
レベル：26
ギフト1：強化《エンハンス》(Aランク)

これが俺の、ステータス。

最初にパーティーを組んだ仲間は魔物の炎で殺されて、それからここ数日はずっと一人でレベルを上げている。

今は村の小屋を借りて夜が明けるのを静かに待ち続けているが、こうしてじっとしていると、自然と過去を思い出してしまう……

俺は、生まれたときから真っ赤に染まっている、この髪のことが嫌いだった。

肌の色も目の色も、身長体重体格に至《いた》るまで他人と変わらないのに、髪の色だけ周りと違っていた。

血のように赤く染まった頭髪は、黒く染め直しても日の光を浴びるだけで透《す》けて朱色に見えてしまう。だからいつも帽子で頭を隠していたし、外で遊ぶのはあまり好きではなかった。

検査をした結果、隔世遺伝《かくせいいでん》が起きたらしい。両親のＤＮＡをきちんと引き継《つ》いでいることを聞いて、父と母が安心したように笑《え》みを浮かべて泣いていた光景が記憶に残っている。

両親は、見た目が違う俺のことを、しっかりと愛してくれた。

だけどそんな両親は、俺が小学校に入る前に交通事故で亡《な》くなってしまった。

明らかに日本人離れした髪色の俺を引き取りたいと言う親族は現れず、俺は最終的に地元の児童養護施設に送られる。

児童養護施設には様々な事情を持った子供たちがいたが、そこでも俺は異端《いたん》扱いをされる。

肩身の狭《せま》い思いをしつつ、俺は少しずつ大人へと成長していった。

高校に入ってからは、少しだけ事情が変わる。

俺が入ったのは、県内でも有数の進学校だった。

遊ぶ友達はおらず、遊ぶお金もない俺は、ひたすら時間を勉強に費《つい》やして、結果的にレベルの高い学校に入ることができたのだ。

入学時に髪の事情を話したら、学校の先生は「地毛ならば黒くする必要はない」と背中を押してくれた。

周りの友達も、はじめ驚きはしても、攻撃してくることはなかった。

レベルの高い学校だからなのか、それとも堂々としていたおかげなのか。

徐々にだが俺の髪の色も認められ、少しずつ友達と言える存在もできた。

最初に仲良くなった友達に聞いてみたことがある。

「どうしてお前は、こんな俺と仲良くしてくれるんだ？」

彼は一瞬不思議そうな顔をして、俺の髪色を見てから真面目《まじめ》な顔をして答えてくれた。

「僕も昔、背が低いっていう理由でいじめられてたことがあって……でもね、ある人に助けてもらったんだ。手を差し伸べてもらえるだけで、人は簡単に助かるんだってことをそのとき知ったんだ。だから僕は、見た目で人を判断することはしたくないし、君とも仲良くなりたいと思うようになったんだ……それだけだよ」

その少年は「イックン、今何してるのかなあ」と思い出にふけりつつ語ってくれた。

詳しくは聞かなかったが、だけど俺を救ったこの少年も、誰かに助けられた経験があったらしい。

俺もいずれはこの少年や、この少年を救ったイックンとやらみたいに、誰かを救えるようになるのだろうか。

ただ、いつかはそんな風になりたいとも、思うようになった。

彼は同時にこうも言っていた。

「それに単純に、僕は君の髪のことをかっこいいと思ったんだ。まるで世界を救う勇者みたいだって思ったんだ！」

このときから、真っ赤に染まっているこの髪のことを少しだけ許せるようになった。

隠すのはもうやめて、むしろこの髪のことを誇《ほこ》りに思える男になろうと、決めた。

「俺もいつか、お前みたいなすごいやつになりたいな……」

「そんな、僕なんて……。そうだ、ねえ！　僕が君のことを応援するから、君は世界を守る勇者になってよ！」

結局そいつとはクラスが変わるまでの一年間、ずっと親しくしていたし、クラスが変わってからもたまに廊下《ろうか》で笑いあったりしたな。

なあ、今俺は、こっちの世界で勇者もどきをやってるよ。

仲間を守ることもできないへっぽこ勇者だけど、それでも世界を救うために、必死でレベルを上げているよ。

この世界に来たとき、そこにその少年はいなかった。

他の友達も見当たらず、身近な人で召喚されたのは俺だけのようだった。

Aランクのギフトを手に入れた俺は、早速仲間を集めて勇者としての活動を始めた。

思えばこのときの俺は、勇者になるという夢が叶《かな》ったことで、浮かれていたのだろう。

その先に待ち受けていたのは、仲間の死という現実だった。

村を守ることはできず、強大な敵に立ち向かうこともできなかった。

だから俺は、強くなる必要がある。次こそちゃんと、守れるように。


……夜が明けたか。

早速狩《か》りを再開しよう。ひとまずの目標はレベル30を目指すこと。

小屋の扉を開けて外に出ると、屋根の上で待機していた鳩《はと》のような鳥が俺の肩に飛び乗ってくる。

こいつは、王宮に残っている関係者や、各地に散った勇者たちと連絡を取り合うための伝書鳩《でんしょばと》だ。

魔術か何かで強化されているらしく、俺がどんな場所にいても毎朝必ず手紙を届けてくれるし、俺が書いた手紙は確実に相手に届けてくれる。

「なるほど、今日の手紙は一通だけか……」

鳩の足に括《くく》りつけられた手紙を取り外《はず》して読むと、どうやら王宮にいる錬金術師からのものだった。

『助けてください』

そこには一言だけ、血をインクにしたような赤い文字で書かれていた。

そういえば以前から「王宮内にきな臭い動きがある」という情報は手に入れていた。

街に魔族が攻め入ったという話は聞いていないが、敵は外から来るものだけではなかったということか？

いずれにせよ、俺が取る行動はたった一つしかない。

「今度こそ……救ってみせる」

魔物の森の方向とは逆方向。王宮のある街へと続く街道《かいどう》に沿って、俺は小走りで向かうことにした。

本当の勇者になるために。


途中の魔物は無視して一直線に走った結果、十分程度で王都に着いた。

朝早くから開いている門を抜け、門番に挨拶《あいさつ》して中に入ると、街全体が以前とは違う雰《ふん》囲気《いき》に包まれていることが感じられる。

まだ日の出直後だからというのもあるのだろうが、数日前に街に来たときは、同じ時間でももっと活気にあふれていたように思う。

「俺が外で狩りを続けていた数日の間に一体何があったんだ……」

特に、街の建物が崩れていたりはしないので、魔物に襲われた結果……というわけでもなさそうなのだが、無傷のままの静まり返った街だからこそ、不気味さが漂っている。

錬金術師から助けを求められているので、まずは王宮に向かうべきなのかもしれないが、それよりも先に、街の現状について調べておきたい。

そう思った俺は、扉に「ＯＰＥＮ」の札をかけている喫茶店のような店を見つけたので、朝食をとるついでに情報収集をすることにした。

「へい！　いらっしゃい！」

店の扉を開けるとカランコロンと鈴《すず》の音が響き、店の奥から店員さんがドタドタと走ってやってきた。

「よう、朝食を頼みたいんだが……」

「あいよ！　適当な席に座ってお待ちを……ってあんた、勇者様かい？　朝早くからご苦労さん！」

注文を受けた店員は奥の厨房《ちゅうぼう》へと戻っていったので、俺は話をしやすいようにカウンター席に腰かけることにした。

店内を見回しても、俺の他に客は見当たらない。

結構大きな店だというのに、彼以外には従業員もいないようだ。もしかしたら、どうせ客が来ないだろうと思って、他の店員には休みを取らせているのかもしれないな。

席に座って待っていると、山盛りのサンドイッチをトレイに載《の》せた店員が戻ってきた。

「お待ちどお！　勇者様ってことで、大盛りサービスをしといたぜ！　それよりも、割引とかの方がよかったか？」

俺の前に皿を置いて、カップに紅茶のような飲み物まで注いでくれたので、少し話を聞くことにしよう。

「そいつはありがとう。だが、客が少なくて困っているんだろ？　無理はしなくてもいいんだが。ところで、俺はついさっきこの街に戻ってきたばかりなんだ。街の様子が変わってる気がするんだが、何か原因は知っているか？」

「そうか、あんたもしかして、離反組の勇者ってやつか？　だったら事情を知らなくてもしょうがないな！」

「……離反組？　なんだそれは」

「そら、離反組の勇者はこの言葉も知らないよな。えっと……確か少し前に、王宮が勇者連合ってのを作っただろ？　そのとき連合に加わらなかった勇者のことを『離反組』って呼んでるんだ」

「そんなことになってたのか……」

離反組という言葉は初めて聞いたが、要するに「勇者のギフトを持った勇者についていくことを拒否《きょひ》した勇者」のことを言っているらしい。

そういう意味だと、俺もその離反組の一員ってことになるんだろう。とくに誰かを裏切ったりしているつもりはないんだがな。

「俺たちが何と呼ばれているかはどうでもいいとして。それで、この街の惨状《さんじょう》は、いったい何が起きたんだ？」

「そうだなあ……理由は一つではないんだろうが、一番大きいのは、森の調査へ向かった勇者様のご一行が、行方《ゆくえ》不明になっていること……だな。その話を聞いて他の勇者様方は家の中に引きこもってしまったり、あるいはこの街を見捨てて旅立ってしまったりで……」

勇者のギフトを持った勇者とその仲間たちが、森に探索《たんさく》に入ったという情報は、俺も手に入れてはいたのだが、行方不明になっていたというのは今初めて聞いた。

街に活気をもたらしていた勇者がいなくなった結果、元に戻るどころか反動で一気に寂《さび》れてしまったということらしい。

「あとは……その、王宮の内部でも、もめごとが起きているんだよな……警備兵《けいびへい》もほとんど出てこないから、街中《まちなか》で起きた犯罪を止めるやつもいねえし……」

店員は、睨《にら》みつけるように窓の外に目を向けていた。

少し前の、活気があったころの街の様子を思い出しているのだろうか。

その表情には、何もできない悔しさと、何とかならないかという強い願いが感じられた。

「安心しろよ、俺が何とかしてやるよ！」

そんな様子を見て、俺の口からは自然と言葉が漏れていた。

突然何を言っているんだと、そう思うだろう。であれば、根拠《こんきょ》を加えてやればいい。

「俺のギフトは、Aランク。勇者の中でも指折りだ。何か問題が起きているのなら、俺の力で解決できる」

そしてこういう場合には、象徴《しょうちょう》となる何かが必要なんだと思う。

だったら俺は、この髪色さえも利用してやる！

「だからこの俺、赤髪の勇者である暮星勇太に、全てを任せてしまえばいい！　いや、任せてほしい！　だからお前たちは、暗いことは考えず、何かあったらこの俺に頼ってほしい！」

痛いぐらいの台詞《せりふ》を聞いた店員さんは半信半疑《はんしんはんぎ》といった表情だったが、それでも、たとえそれが苦笑《にがわら》いだとしても、ニコリと笑みを浮かべていた。

今はまだ、誇大妄想《こだいもうそう》だと思ってくれていても構わない。だが決して冗談《じょうだん》で言ったつもりはない。

俺の力がどこまで及《およ》ぶのかは、分からない。しかし誰かが立ち上がらなければ、世の中は何も変わらないと思うから。

「ということで、一つ頼みがあるんだが、王宮の内部事情に詳しい知り合いとかがいたら紹介してくれないか？　中で働いていた経験がある人だと助かるんだが」

「格好つけたと思ったら、すぐに他人に頼るんかい。まあいいや。でも、赤髪様は勇者なんだから、正面から堂々と王宮に入れるんじゃないのか？」

「いや……俺の仲間の勇者が、王宮にとらわれているみたいなんだ。もしかしたら裏切り者がいるかもしれないからな、できるだけ情報を集めておきたいんだ」

任せておけと言っておいて、いきなり人に頼るのは心苦しいが……それでも、一人で抱《かか》え込んで失敗するのは最悪だから。

「そういうことなら任せとけ！　あの王宮の厨房《ちゅうぼう》は昔の職場だし、知り合いもいる。そいつに聞けば、王宮内部のことは大体わかるはずだ！　一緒に行って、話してやる！」

「そいつは助かる！　ぜひ紹介してくれ！」

店員は「じゃあ、こっちは準備しとくから、お前はそいつを片づけときな」と言って、店の奥へと消えていった。

とりあえず俺は、この大盛りのサンドイッチを食べることにしよう。結構ボリュームがあるけど、まさか仲間になったばかりの人が作った料理を残すわけにはいかないからな……

◇

店で出された大盛りの朝食をなんとか食べ終えた俺は、店員と別々に王宮へ向かう。

準備を終えた彼は従業員用の裏口から王宮に入り、勇者である俺は正々堂々と正門から入ることにした。

俺が紹介すれば彼も正門から入れると思うのだが、勇者が一般人を連れて歩くのは違和《いわ》感《かん》がある。

かといって俺が裏口から入ってしまうと、今度は「手続きをせずに侵入《しんにゅう》した勇者がいる」という話になってしまう。

だから、分かれて行動して厨房《ちゅうぼう》で合流するということになったのだが……よく考えたら俺は、王宮の中のことを全然知らないぞ？　厨房《ちゅうぼう》の場所どころか、食堂の場所すら覚えていないのだが……まあ、中に入って適当に執事《しつじ》かメイドに聞けばいいか。

門番に挨拶《あいさつ》をして王宮に入り、廊下を適当に歩きつつ話が聞けそうな人を探《さが》すと……いた。

メイド服を着た小学生ぐらいの小さな子供が、背を伸ばしながら必死に窓を磨《みが》いている。

他に使用人の姿は見当たらないし、小さな子供でも案内ぐらいはできるだろう。

「おい、ちみっこ。お前、今暇《ひま》か？」

「勇者様？　見ての通り私は仕事中ですが！　なにか御用《ごよう》ですか？」

話しかけると、彼女は窓拭《ふ》きを中断してこちらに向き直る。

背伸びをやめると、さらに一回り小さくなった。

「忙しいならいいんだが……この王宮の、厨房《ちゅうぼう》の場所を教えてくれないか？」

「案内ですね！　そういうことなら今すぐ、最短距離でご案内しましょう！　お任せください！」

メイドはそう言うと、手に持っていた雑巾《ぞうきん》を綺麗《きれい》に折りたたんで服の中にしまい、「こちらです、勇者様」と、ゆっくり歩き出した。

こんな子供でもさすがはメイド。表からは見えない隠し通路のような場所にスッと入っていく。そのままついていくと、目的の厨房《ちゅうぼう》らしき扉の前にたどり着いた。

「勇者様、こちらが厨房《ちゅうぼう》になります！　それでは私は仕事がありますので、これで！」

「ああ、ありがとう。感謝するよ」

ミニメイドは俺にお辞儀《じぎ》をすると、再び別の通路に入って姿を消した。

この王宮には何度か訪れたことがあったが、こんな隠し通路があるなんて思いもしなかった。

これは、錬金術師がとらわれている場所を探すのも、一筋縄ではいかないかもしれないな……。

厨房《ちゅうぼう》の扉の隙間《すきま》から中を覗《のぞ》き込んでみると……そこにはすでに、さっき別れたばかりの街の喫茶店の店員がいて、王宮のシェフと仲良さそうに向かい合っていた。

朝食か昼食の仕込みでもしているのか、朝早い時間だというのに大勢の人がいて、彼ら二人は邪魔にならないように、部屋の隅に立って笑い話をしている。

再会の感動を邪魔することになったら申し訳ないが、いつまでもここで待ってるわけにもいかないからな。

半開きになっていた扉をそっと押して、中に入って二人が話し合っている部屋の隅に向かって歩いていく。すると、店員もこっちに気がついたようだ。

「おう、勇者様！　こいつだよ、俺の知り合いってのは！」

「はじめまして。こいつの友人で、ここの料理長も任されている者です。お見知りおきを」

彼の知り合いというのは、この王宮の料理長だったらしい。そんな偉い人が出てくるとは思わなかったが、立場が上だからと言って偉ぶっている感じではない。

どうやら、勇者である俺が話を聞きたいと言っていたことはすでに伝わっているようで、彼は「勇者には以前世話になりましたから……」と言って友好的に手を差し伸べてきた。

以前に何があったのかは知らないが、他の勇者が、何か彼らの手伝いでもしたのだろうか。おかげでこうして話がスムーズに進むのだから、ありがたいことだ。

「俺は赤髪の勇者、ユータ。よろしくな！」

料理長が差し出した手を、両手でしっかりと握り返し、名を名乗る。

料理人というだけあって、清潔《せいけつ》で綺麗《きれい》で、それでいて力強い手の平《ひら》だった。

俺も今まで王宮で出される食事をいただいたことはあったが、その料理もこの手が作っていたんだろうな。

しっかり数秒間握手をすると、料理長はスッと手を離して、話を切り替える。

「それで赤髪の勇者さん。私に何かご用ですか？」

「そうだった、えっと……単刀直入《たんとうちょくにゅう》に聞くが、この王宮にいる錬金術師のことを、知らないか？　どこかにとらえられている可能性が高いと思うんだが……」

「錬金術師……というのは、強力なギフトを持った女性の勇者様のことですよね？　以前お部屋に料理を運んだことはありますが、そういえば最近は料理の注文が来ておりません。今何をしているのかまでは、我々では……」

なるほど、Sレアのギフトを持つ錬金術師にまでなると、部屋に料理を運んでもらうことができるのか……って、そういうことではなく、どうやら彼も、錬金術師の現状を知らないらしい。

「そうか、まあ、そうだよな。……だったら、その部屋の場所を教えてもらうことは可能か？　そこから先は、俺の方で調べてみる」

「わかりました。では見取り図を用意します。えっと確かこのあたりに……」

彼は厨房《ちゅうぼう》の壁にかけてあるメモ用紙を指差しながら眺《なが》めていき、そのうちの一枚をもぎ取って俺に手渡してくれた。

「こちらが、錬金術師様の部屋への行き方になります。……私の方でも、錬金術師様のことを捜してみます。見かけたら、使用人を通じてご連絡しますね」

「それは、そうしてくれると助かるが……危険なことになってる可能性もあるから、慎重《しんちょう》に、気をつけてな！」

錬金術師から救難要請《きゅうなんようせい》が来ていることはまだ言わないでおくが、危険な任務であることだけは伝えておくことにしよう。彼も、今の王宮がきな臭い空気に包まれていることには気づいているらしく、「分かりました」と素直にこくりと頷《うなず》いた。

料理長から受け取ったメモ用紙には、簡単な見取り図と錬金術師の部屋の番号が書いてあった。部屋の入り口には番号が書かれたプレートがあり、近くまで行けばそれをたどって見つけることもできるのだとか。

とりあえず目的を果たすことはできたから、店員と料理長は厨房《ちゅうぼう》に残して、俺は錬金術師の部屋を目指すことにする。

「それでは、赤髪の勇者様も、お気をつけて……」

「ああ、ありがとう、助かった！　そっちもあまり無理をしないようにな！」

最後に出入り口で一度深くお辞儀《じぎ》をして礼を言った俺は、次の目的地に向かって走り出すことにした。

◇

コンコンコン。

料理長から受け取ったメモをもとに錬金術師の部屋にたどり着いた俺は、誰にも見られていないことを確認しつつ扉を軽くノックしてみるが、しばらく待っても返事がない。

どうやら錬金術師は留守《るす》にしているようだ。あるいは、既《すで》に誰かにつかまっているのか。

もう一度、今度は強めにノックをしても返事がないことを確認した俺は、試しにドアノブに手をかけてみると……ドアノブは抵抗もなく半回転し、そのまますっと押し込むと、音もなく扉が開く。扉の先には無人の空間が広がっていた。

「鍵《かぎ》もかかっていないのか。無用心だな……」

だがこれは、ある意味俺にとっては都合がいいと思い、そっと開けたドアの隙間《すきま》から、体をすべらせるように部屋の中へお邪魔させてもらうことにした。

改めて部屋の中を眺めてみると、さすがは錬金術師の部屋というべきか。

テーブルの上には理科室で見たことがある、アルコールランプや薬品が入ったままのフラスコが。床には魔法陣や呪文が書かれた紙が散らかっている。

部屋の反対側に目を向ければ、ベッドやタンスなどが置かれた生活空間もあり、どうやら錬金術師はこの部屋で、様々な研究をしながら寝泊まりをしていたらしい。

他人の部屋を勝手にあさるのは気が引けるが、手がかりが欲しいところだ……

とりあえずは、この部屋の理科室サイドから調べてみよう。錬金術師がどんなやつなのかは知らないが、どんな研究をしていたのかには興味があるし、非常事態とはいえプライベートを暴くのはできるだけ避けたいからな。

実際にテーブルに近づいてみると、そこには日本語で記されたメモが散らかっている。

「なになに、なるほど？　……召喚に必要な魔力量、ネズミサイズの召喚を一魔力とした場合、猫サイズの召喚には百五十魔力、犬サイズは……なんだ、これ」

メモには、サイズに応じた魔力量と、そこから推測される計算式がずらずらと何枚にもわたって記述されていた。

俺も数学は苦手《にがて》ではないのだが、高校生に理解できるレベルを遥《はる》かに超えているということしか分からない。

ちなみに、人間を召喚するときに必要な魔力量を計算すると、なんとその結果は十万魔力を超えるらしい。

計算結果の隣に「?」のマークが書かれていたから、錬金術師自身もこの数値を信用していないのかもしれないが。

隣のテーブルを見てみると『魔力ポーション』と書かれた紙が置いてあり、テーブルの上には作りかけのポーションらしき液体が入ったフラスコが並んでいる。どうやらこの錬金術師はこの部屋で、いろいろなテーマの研究をたった一人で進めていたようだ。

棚に置かれた、いかにも理科室にありそうな人体模型《もけい》や、ホルマリン漬《づ》けにされているネズミたちが何に使われていたのかは知らないが、おそらくあれも何かの研究に使っていたんだろう。

趣味《しゅみ》などではない……と、信じたいところだ。

ここまでくると、他にどんな研究をしていたのかとか、錬金術師はどんな人間なのかという興味が湧《わ》いてくる。

他のテーブルや、戸棚《とだな》にしまわれている研究結果も気になるが、今はそんなことよりも、錬金術師の痕跡《こんせき》を探すことを優先しよう。

この部屋には、実験用の机の他に、一つだけ大きな執務机《しつむづくえ》が置いてある。

こちらは書類や紙束《かみたば》が整理されて並べられていて、どうやら錬金術師は研究結果をまとめたり、手紙を送ったりという仕事はここで行《おこな》っていたようだ。

もしかしたら、誰かに送った手紙などがあるかもしれないと思って、テーブルの下にあるキャビネットを開けようとして腰をかがめると……ちょうどその瞬間に、少し開いていたドアがキィーッと音を立て、何者かが部屋に入ってきた。

「誰か……いるのですか?」

テーブルの下に身を隠したまま、棚のガラスに反射した姿を見ると……部屋に入ってきたのはどうやらこの王宮の衛兵だったようだ。

扉が開いていたから不審に思ったのか？　だったら見つかってから下手に怪しまれるよりも、あえてこちらから姿を見せた方がいいのかもしれない。

そう思って立ち上がろうとすると、衛兵は中に誰もいないと思ったのか、続けて独り言《ひとごと》を呟《つぶや》いた。

「おかしいな、錬金術師はすでにとらえたと聞いていたが……まさかそのときに閉め忘れたのか？」

俺が聞いているとも気づかずに、この衛兵はとんでもないことを口にしていた。

姿を見せるわけにもいかず、最悪の場合はこの衛兵を倒してでも……と考えながら様子を窺《うかが》っていた。すると、衛兵は「……まあいい。念のため鍵をかけておくか」と言って部屋を出て行き、ガチャリと鍵を閉める音が部屋に響いた。どうやら立ち去ったようだ。

危なかった……。

それにしても、あの制服は間違いなくこの王宮の衛兵のものだった。ということは、錬金術師を誘拐した犯人は、この王宮にいるのか？

あるいはこの王宮自体が俺たち勇者を貶《おとし》めようとしている可能性もあるが、だとしたらなぜそんなことを？

……だめだ、考えても結論は出ない。真犯人の手がかりを掴んだと思ったら、逆に分からないことが増えてしまった。

いずれにせよこの状況では、うかつに王宮の関係者に声をかけるわけにもいかない。メイドや執事でさえもグルの可能性がある。さっき話を聞いた料理長ですら、完全には信用できない。

つまり、ここから先は俺一人で調べるしかないことになる。

もしかしたらこの部屋には、錬金術師が残した手がかりがあるのかもしれない。

そう考えた俺は、まずはこの部屋を隅から隅まで調べることにした。

音を立てるとまた衛兵が戻ってくる可能性があるから、できるだけ音を立てずに抜き足差し足で、椅子《いす》やテーブルに足をぶつけないように慎重に、慎重に。

そうして部屋中を探して歩き回っていると、突然棚の方から「ガタッ」と何かが動く音がした。

隙間風《すきまかぜ》が入り込んだ音かと思ったが、微妙《びみょう》に違う。というか、風の音ならば普通は窓のある場所から聞こえてくるはずなのだが、今の音は明らかに壁際の棚の方から聞こえてきたようだ。

隣の部屋から聞こえた可能性もあるが、壁の向こうからは人の気配を全く感じないし、俺の記憶が正しければ、そもそもこちら側には部屋などなかったはずだ。

念のため、腰に下げていたショートソードを鞘《さや》から抜き、音の聞こえた方へ剣を向けながらゆっくり近づくと……

　そこには誰もいなかった。ガラスの扉のついた棚には、薬品の入った瓶や、何に使うのかも分からない実験道具が並んでいる中、物々しい実験室の空気には似合わない、可愛《かわい》らしい熊のぬいぐるみがぽつりと飾《かざ》られている。

「気のせい……だったか？」

　明らかに異彩《いさい》を放つ熊のぬいぐるみは気になるが、どうやら神経質になりすぎていたのだろう。

　警戒は解《と》かず、剣を鞘にしまいながら、もう一度棚の方を観察すると……

「キューッ」

　熊のぬいぐるみから、動物の鳴き声のような音が聞こえてきた。改めてぬいぐるみを確認したら、どうやらカタカタと体が震《ふる》えているように見える……

「もしかして、さっきの音も、お前が？」

「キューッ！」

　試しに声をかけてみれば、こちらの言葉が通じているのか、嬉しそうな声を上げ、ガラスの扉をコツコツと叩《たた》いた。

　カラカラと軽い音を立ててガラスをスライドさせて開けてやると、熊のぬいぐるみは俺の頭の上に飛び乗ってくる。

ぬいぐるみが置かれていた場所には、錬金術師が書いたと思われるメモ書きがあった。

『魔術人形。魔力を与えることで半永久的に自律《じりつ》行動をとる。言葉を話すことはできないが、人語を理解することには成功。知能指数は未測定。結構高い？　緊急で別案件が入ったので一旦保留』

どうやらこのぬいぐるみは、錬金術師が作り出した人工生命《ホムンクルス》のようだ。

「なあお前、錬金術師……つまり、お前の生みの親のことなんだが、そいつが今、どこにいるか知らないか？」

「キュー？」

「まあ、さすがに分からんか。分かったら案内してもらおうと思ったんだが……」

「キュー！　キュー、キュー！」

頭の上のぬいぐるみにダメもとで話しかけると、ぬいぐるみは奇声《きせい》を上げながら部屋の入り口を指差している。これはもしかして？

「お前、まさか俺を案内できるのか？」

「キュー！」

頭の上から下ろして聞き直してみると、心なしかドヤ顔をしているように見える。

「そういうことなら、お前は俺が運ぶから、錬金術師のところまで案内してくれ！」

鍵を開け、外に誰もいないことを願いつつ、扉を開けて外に出る。

運よく誰もいなかったので扉を閉めて、鍵はどうせ閉められないからそのままにしておく。

俺みたいな不良顔の勇者が熊のぬいぐるみを抱えていたら、怪しまれる可能性もあるだろうが、まあそのときは適当にごまかすことにしよう。

熊のぬいぐるみは廊下の右側を指差している。とりあえず今は他に手がかりもないから、このぬいぐるみに運命を託そう。なるべく誰にも見つからないように、気配を消しつつ全速力で王宮の廊下を走り回ることにした。

◇

「キューッ、キューッ！」

人形の指示に従ってたどり着いたのは、王宮のとある一室の前だった。

出入り口の扉の大きさや豪華さから考えて、そこそこの地位にいる人の部屋であることは間違いないのだが、そんな部屋はこの王宮にはいくらでもある。

「なあ、本当にこの中に錬金術師がいるのか？」

「キュー！」

「ダメだこいつ、話が通じない……」

熊のぬいぐるみに話しかけても帰ってくるのは「キューッ」という鳴き声だけ。本当に俺の言葉が通じているのかも、怪しいところだ。

とはいえ、ここまで案内してもらっただけでもありがたい。手がかりがない状態でこの部屋にたどり着くのは無理だから。ここから先は俺自身の力も使って調べることにしよう。

「さて、まず手始めにギフトを起動して……感覚強化！」

俺がこの世界に来るときに獲得したのは「強化」というギフトで、任意に設定した対象を強化することができる。今回俺が強化したのは、俺自身の五感。その中でも特に聴覚《ちょうかく》と触覚《しょっかく》を強化する。

この状態になることで、扉の内側の音や空気の流れまで探ることができるのだが……

「ん？　中には誰もいないっぽいぞ？」

「キュー？」

超人並みに強化された俺の五感でも、中には誰もいないように感じられる。たとえ中の人が気を失っていたりしても、死んでさえいなければ気配を感じることぐらいはできると思っていたのだが……

錬金術師のぬいぐるみの方を向いても、可愛《かわい》らしく手に口を当てて首をかしげるだけで何も解決しない。なんだその格好、あざといな。

「……よし、突入するか」

五感の強化を解かない状態で、ゆっくりと扉を開けて中に入ると、手前に豪華そうなソファーとテーブルがあり、さらに奥には重厚そうな執務机が鎮座《ちんざ》していた。

どうやらここは、そこそこ偉い人の応接室兼《けん》執務室として使われているのだろう。

部屋を見ても特に怪しいものは見つからないが……怪しいとしたら、あの執務机だろうか。

ぬいぐるみと目を合わせても、潤《うる》んだ瞳で見つめ返されるだけなので、とりあえず勝手に家探しをさせてもらおう。

応接用のソファーの後ろを通って部屋の奥にある執務机の上を見ると、何やら書類が乱雑に置かれているようだ。

「これは……地図？　この印《しるし》の意味は？」

上板に置かれた資料に目を通すと、どうやらこれは、この王宮やその周辺の地図で、いくつかのマルやバツの目印が書き込まれている。

敵が何か悪事を計画しているのだとしたら、この地図はそれを暴く貴重《きちょう》な手がかりになる。

できるだけ記憶をしておこうと地図の全体を眺めていると、廊下から足音が聞こえてくる。

「……誰だ、私の部屋に勝手に入り込んだのは！」

最悪の場合、敵と戦うことも覚悟して、腰の剣に手を当てていると、一人の男が部屋に飛び込んできた。

こいつは、俺たちを召喚したその場でいろいろと最初の説明をした、たしか魔術師長とか呼ばれている男だったはずだが……

「まさか、お前が犯人なのか？」

予想外の人物が現れたので、思わず素直に問いかけてしまったが、本当にこの魔術師長が錬金術師を誘拐した犯人だとすれば、こうしてのんびり話している余裕はない。

ショートソードを握る力を強めて、いつでも抜き放てるように構えるが、どうやら相手は俺の顔を見て冷静さを取り戻したようだ。

魔術を発動するための道具と思われる杖を下ろして、逆に警戒を解除しながら、話しかけてきた。

「犯人？　一体何の……ところで、あなたは勇者様では？」

「確かに俺も勇者だが、錬金術師もそうやって油断させて罠にかけたのか……？」

余裕のある態度は、こちらが反撃してくるわけがないと思ってのことなのか、それとも俺のことなど魔術でどうにでもなると思っているのか……

背後にある小さな窓が退路《たいろ》になるかを確認しつつ、じりじりと間合《まあ》いを詰めてくる魔術師長から距離をとるように後ずさる。すると、片腕で抱きかかえていた熊のぬいぐるみが、突然大きな声を上げて魔術師長へ飛びかかった。

「キューッ！」

「おや、この子は確か、錬金術師殿の……ということは勇者様！　もしかしてあなたは、錬金術師殿の仲間ですか？」

「……ああ、錬金術師からSOSを受け取ったんだが、あんたは何か知っているのか？」

ぬいぐるみは、魔術師長に攻撃を仕掛けたのではなく、見知った顔がいたから甘えに行っただけのようだ。

魔術師長に軽く撫《な》でられて、満足そうに「キューキュー」と鳴いている。

どうやら彼は仲間で、俺を協力者のもとまで案内するのがこのぬいぐるみの目的だったらしい。

魔術師長のような権力がありそうな人間が敵に回ると面倒だから、敵ではなく味方だったということが分かっただけでも大きな進歩だ。しかし、せめてこいつと言葉が通じていれば、ここまで面倒なことにはならなかったのに……

「私の目的も錬金術師殿の救出です。居場所の特定はできたのですが、私の力では及ばず……」

「そうか、いや、疑って悪かったな。居場所を特定できたということは、敵の正体も判明したのか？」

「そっちはとっくに分かっておる。犯人は第三王子とその派閥《はばつ》じゃよ。具体的な方法は不明じゃが、錬金術師殿が研究していた何かを使って、よからぬことを考えておるようじゃ」

魔術師長が敵じゃないと分かった瞬間に、もっと偉そうな『王子』が敵として出てきやがった。

知り合いが敵だったというのよりはやりやすいのかもしれないが、それにしても、王子か……

「魔術師長、その王子が企《たくら》んでいる、よからぬことってのは？」

「これはあくまで推測ですが、まあ十中八九、王位継承権《けいしょうけん》の獲得が目的でしょうな。普通に暮らしていれば、継承権は第一王子のものだから、何か実績を作りたいのか、あるいは第一、第二王子の暗殺《あんさつ》でも企てているのか……もしかしたら、真の勇者様一行が行方不明なのも、やつらの仕業《しわざ》かもしれませんが……」

真の勇者が行方不明という噂は聞いていたが、そういえばここ数日、Sレアのギフトを獲得した忍者からの連絡も途絶《とだ》えているな。

SSSレアの勇者については実力を知らないから何とも言えないが、あの忍者を騙《だま》し切るとなると、それは相当な実力者ということになる。

ならば、その原因には王族が関わっている可能性が高いということになるか……

「それで、錬金術師がとらえられている場所ってのは、一体どこなんだ？」

「錬金術師殿がとらえられているのは、そこの窓からも見えるあの『監獄塔《かんごくとう》』で間違いありません」

「監獄塔……か。ちなみにその根拠は？」

いかにも怪しい場所ではあるが、だからこそどうやってそれを導き出したのかを聞いておきたかった。すると、魔術師長は自信ありげに机の上の地図を指さしながら、説明をし始めた。

「……このように、時間をかけて調査をして、最終的に監獄塔から錬金術師殿の魔力を検知したので間違いありません！」

「なるほど、どうやら間違いなさそうだな。それなら、ちょっくら助けに行くか！」

「キュー一ッ！」

細かい作戦を考えてもよかったのだが、レベルが20を超えた俺のステータスがあれば、突破《とっぱ》は難しくないだろう。だから、突撃して救出をすること自体は全く問題ないのだが、あの監獄塔は、第三王子の所有物であるということなので、ただやみくもに突入するわけにはいかない。

敵が王族となれば、悪事を裁《さば》くために戦うのにも、それらしい言い訳が必要になるらしい。

「勇者様、三十分お待ちください。それで、勇者様が立ち入れるようにしてみせます！　……ところで勇者様の名前は確か、ユータ様……でしたな？」

「よく覚えているな。だがその名前よりも『赤髪の勇者』とかの方がわかりやすくていいと思うぞ！」

「……なるほど、確かに一理ありますな。それでは赤髪の勇者様、準備をして参りますので、この部屋でしばしお待ちください」

魔術師長はそう言って慌《あわ》ただしく部屋を飛び出していった。

それにしても、敵はまさかの王族か……身内同士の争《あらそ》いに干渉《かんしょう》するのは気が引けるが、これも乗りかかった船だ。最後まで手を抜かずに協力することにしよう。

「キュー……」

「そう心配するな。お前のご主人は、すぐに俺が助け出してやるから」

そういえば、俺は錬金術師の顔も名前も知らないのだが……まあ、ぬいぐるみを連れていけばなんとかなるかな。


部屋で十分ぐらい待機していると、魔術師長が戻ってきた。

「赤髪の勇者様、塔に入って自由にしてもいいという許可が取れました、参りましょう」

「……思ったよりも早かったな」

肩で息をしているから、かなり急いできたのだろう。

だがそれでも、三十分かかると言ったのを十分で片づけられたのは、何か理由があるのだろうか……

「左様《さよう》ですな。やつらめ、もう少し粘《ねば》るかと思ったのですが……一言『赤髪の勇者が入りたがっている』と伝えたら、あっという間に許諾《きょだく》を得ました。逆に不気味さを感じますな……」

「もしかしたら、罠が仕掛けられている可能性もあるってことか……だが、どちらにせよ入らないわけにはいかないからな」

この国では、勇者という存在に対して信仰心にも似た感情を持っている人が多いから、「勇者」の名を出せば最終的に押し通すことはできる。

魔術師長もそう思って、それでも三十分かかると考えていたのだが、全く邪魔が入らなかったという点には、俺も不気味さを感じる。

だが、怪しいからといってここで引くわけにはいかないし、多少の罠があったところで、俺のステータスならなんとかなるだろう。

そう思って、あまり深くは考えずに、魔術師長とともに、錬金術師がとらえられているという監獄塔へ向かうことにした。

塔に向かう間も特に邪魔されることはなく、監獄塔の警備兵も「塔の査察《ささつ》でございますね。話は伺《うかが》っております」とフリーパスに近い状態だった。

「キュー！」

ぬいぐるみは塔の上へと繋がる階段を指差している。錬金術師の魔力を察知したらしい。

どうやら錬金術師は、上の階層にとらえられているようだ。

「なあ、上に上ってもいいか？」

「もちろんでございます、勇者様。上階には政治犯や危険犯罪者も禁錮《きんこ》されております。お気をつけくださいね」

反応を伺《うかが》うために少し話をしてみたのだが、予想と違って邪魔されるどころか、こちらのことを手伝ってくれるようですらあった。この警備兵は何も知らされていないのか、それとも知っているうえで演技をしているのか。

ここまできたらもう少し、鎌《かま》をかけてみてもいいかもしれないな。

「ああ、勇者の一人である、錬金術師がいると思うんだが、知らないか？」

「錬金術師様ですか？　そのような方がとらえられているという記録はなかったはずですが……」

その顔は、とてもではないが、知らないふりをしているだけのようには見えない。

もしかしたら彼の演技の可能性はあるが、情報の封鎖《ふうさ》にせよ、黙っていることを強制されているにせよ、いずれの場合でも錬金術師を監禁《かんきん》していることを隠そうという意図は感じられるはずだ。

だが、だとすると、何の邪魔もなく上の階に上ることができることに対する違和感が強くなる。

「赤髪の勇者様、こちらです。ささ、向かいましょう！」

「そうだな。こんな場所で悩んでいても仕方ないか。警備兵さん、ありがとう！」

「こちらこそ、お役に立てたかどうか……」

魔術師長に促《うなが》されて警備兵にお礼だけ言った俺は、ぬいぐるみの指差す方へと突き進んでいった。

階段を上へ上へと上って、さらに上ってこれ以上階段がなくなったとき、熊のぬいぐるみが何もない壁の方を指差した。

「ん？　いや、そこには何もないが……ぐるっと回り込めばいいのか？」

「勇者様、少々お待ちを……やはり！　これは隠し扉です。ここの岩を押し込むと……」

魔術師長が壁が少しだけ突き出ている面の一部分を押し込むと、ガシャン、ガシャンと機械的な音が響いて先に道が開いた。

「隠し通路……」

「ですが勇者様、この程度は隠しているうちにも入りません」

確かに、魔術師長が一瞬で見破《みやぶ》れた程度の仕掛けなのだから、敵もまさかこれだけで隠し切れると思っているわけではないはずだ。隠す気があるのなら、もう少しごまかしようはあっただろうし、仮にそうされていたら、こんなにもスムーズにここにたどり着けたとは思えない。

もしかしたら、この中には誰もいないのか？　そんな不安に駆られていると、隠し扉が開いた瞬間に、抱きかかえていたぬいぐるみが飛び出して、部屋の中へと突入していった。

「キュー！」

ぬいぐるみが走っていた先にはベッドがあり、その上には一人の女性が座って俯《うつむ》いていた。

左足に鎖《くさり》をはめられているが、特に痛めつけられたような様子はなく、部屋の調度品の豪華さから見ても、そこまで酷《ひど》い扱いは受けていないようだった。

それでも、監禁されていたという事実は変わらないのだが……

「錬金術師殿！　ご無事でしたか？」

「キュー！　キュー！」

魔術師長とぬいぐるみが声をかけると、俯《うつむ》いていた女性が顔を上げた。どうやら、白衣を着た以外は特に変わったところのないこの人が、話に聞く錬金術師のようだ。

「プーぺちゃん！　それにあなたは魔術師長さん？　……どうしてここに？　今、何時ですか？　もう日が上っている、急がないと！」

慌《あわ》てた様子で錬金術師は立ち上がり、開いたドアの方に向かおうとした。だが、左足に繋がれた鎖に阻《はば》まれ転《ころ》びそうになったので、支えてやることにした。

「錬金術師殿、鎖は魔術で外します。錬金術師殿にはまず、状況の説明をお願いしてもよいですか？」

「そうですね……ところで、あなたは？」

魔術師長に声をかけられて落ち着きを取り戻した錬金術師は、部屋にある椅子に座り、鎖のついた足を魔術師長に向けながら、俺に聞いてくる。

「俺は、ユータ。赤髪の勇者、ユータだ。街の外で活動をしていたんだが、あんたからこの手紙を受け取って、助けにきた」

手紙を見せると錬金術師は「そう、届いていたのね……」と呟《つぶや》きつつ、窓の外を眺めていた。

おそらくその窓から、手紙を結《むす》んだ鳩を放ったのだろう。この部屋には紙もインクも見当たらないから、布をちぎって血文字を使って……血のように赤い文字というのは、比喩《ひゆ》ではなく本当に血を使って書かれていたのかもしれない。

「鎖が外れましたぞ、錬金術師殿。それで、いったいあなたは誰に、何のためにとらえられていたのですかな？」

「詳しいことは分かりませんが、彼らは自分たちのことを『第三王子の親衛隊《しんえいたい》』と名乗っていました。どうやら、私の研究結果を奪うのが目的だったようです」

やはり、錬金術師をさらったのは第三王子の関係者で間違いはなかった。

錬金術師がとらえられた理由は不明だが、いずれにせよ救出は成功した。

「それで錬金術師殿、第三王子はあなたの研究結果を使って、何をしようとしているのでしょう。推測でもいいので教えていただけると……」

「それは……すみません、私にはわかりません。私の研究は多岐《たき》にわたっていて、悪用されれば危険なことも多いのですが……ただ、やつらの会話からは『決行の時は近い』と聞こえました。そう考えると、何をするにしてもあまり猶予《ゆうよ》はないのかも……」

椅子に座る錬金術師を、俺と魔術師長とぬいぐるみの三人で囲むようにしながら今後のことを考えていると、ものすごい爆音《ばくおん》とともに、強い光が窓の外から飛び込んできた。

方角的には……王宮のあるあたりだろうか。狭い監獄のような部屋から出て、大きな窓から外を覗《のぞ》いてみれば、王宮の中心あたりから巨大な光の柱が立ち上っている。

慌《あわ》ててついてきた錬金術師と魔術師長も、強い光に目を細めつつ光の方を向いていた。

「これは……まさか？」

「魔術師長、何か知っているのか？」

魔術師長は、「信じたくない」と言いたげな表情だ。

「魔術師長さん、これってもしかして……」

鎖によって痛めていたのか、足を引きずりながらついてきた錬金術師も、魔術師長と同じように何かに気がついた顔をしている。

「間違いない。間違えようが、ない。これは……」

「これは？」

「これは勇者降臨《こうりん》の光……やつら、新たなる勇者召喚の儀式を行《おこな》ったのか……」

◆

拝啓《はいけい》。

やあ、みんな突然だけど、君たちは勇者として異世界に召喚されることになったよ！　大事なことだから、もう一度言うね！

つい最近別の勇者が召喚されたばかりって話も聞くけど、この世界の人は何を考えてるんだろうね。

……発動された術式が微妙に違うし、君たちは前の勇者とは違う世界からの召喚なのかな？　まあ君たちには関係ないことか。

とりあえず君たちは、勇者として異世界に召喚されることになったよ。

理不尽《りふじん》に感じるかもしれないけど「元の世界に返してくれ」っていうリクエストには応《こた》えられないよ。

なにせ、こっちにはそもそもその手段もないし。

でもまあ安心して。君たちにはちゃんと特典を用意しているよ。

ギフトってやつなんだけど、いろんな種類を用意しておいたから好きに選んで。

えっと、大当たりのSSSレアとSSレア、あとSレアが一つずつかな。あとはAとかBとかCとかばっかりだけど、とりあえずここに並べておくので適当に選んでね。

あ、それと、ギフトを選んだ人から順番にこの門を通り抜けていってね！　そしたら向こうの世界に召喚されるから。

それじゃ、あとはよろしく！

敬具

アナウンスが鳴りやんでも、そこに集まった勇者候補《こうほ》たちは皆静まり返っており、しかし一点に視線を集中させていた。

「これは、何事でしょうか」

視線の集まる先にいた女性は、周囲を見渡して呟《つぶや》いた。

「おそらく我々は何らかの儀式に巻き込まれたものと思われます。いかがなさいますか、姫」

「さっきの声は『異世界』と言ってましたね。つまり私たちは、私たちの世界とは違う世界に移動させられるということかしら？」

「おっしゃる通りかと……元の世界に戻る方法は不明です。申し訳ありません……」

「よいではないですか、私もあの世界には飽《あ》き飽きしていたところです。これから私たちは異世界を侵略いたしましょう！」

「仰《おお》せのままに……」

異空間には三十人ほどがおり、彼らは一斉に中央に立つ姫と呼ばれる女性に向かって首《こうべ》を垂《た》れる。

彼女こそが、この集団の中で明確に立場が上の人間だった。

その女性は周りをざっと眺め、戸惑《とまど》いを隠せない配下が多いことに気がついて、声をかけることにした。

「みなのもの、面《おもて》を上げなさい！　これより我らは、異世界へと侵攻します！　まずは先ほどの声に従い、各々自《おのおのみずか》らにふさわしいと思うギフトを手にとるのです。準備のできた者から異世界へと向かいなさい！」

「姫のおっしゃる通りだ！　上級兵は下級兵を率《ひき》いて現地へと向かえ！　まずは周辺を制圧し、姫が無事に降臨できるよう安全を確保するのだ！」

「「イエッサー！」」

「姫、それでは姫は、この場でしばしお待ちください」

「将軍、ありがとうございます、よくやってくれました。やはりあなたに任せて正解でしたね」

「恐れ多きお言葉……」

将軍と呼ばれた男が指示を出していると、ギフトの選別を行《おこな》っていた二人の兵士が、それぞれ一枚ずつ、ギフトの内容が書かれたカードを持って近づいてきた。

「姫様、将軍、よろしいでしょうか」

「なんでしょうか、聞きましょう」

「はは、ありがたき幸せ。姫様と将軍に相応《ふさわ》しきギフトを見つけましたので、持ち寄った次第でございます。どうぞお収めください」

「こちらは将軍のものでございます。将軍、どうぞお受け取りください」

二人の兵隊が持ってきたのは、ＳＳＳレアのギフトとＳＳレアのギフトであった。

スキル名：賢者《けんじゃ》
スキルランク：ＳＳＳランク
概要《がいよう》：すべての叡智《えいち》を司《つかさど》る。

スキル名：大将軍
スキルランク：ＳＳランク
概要：軍隊の指揮に特化したギフト。各種強化能力あり。

「姫はこちらの賢者を。私はこの大将軍をいただきます」

「大将軍とは、あなたにこそふさわしいギフトですね。働きに期待していますよ」

「もちろんでございます」

姫にＳＳＳレアのギフトを、将軍にはＳＳレアのギフトを渡した兵士は、それ以上何も語ることなく、あらかじめ自らのために確保していたギフトを手に取って、異世界へと旅立っていった。

残る兵士たちも次々とギフトを選び、門をくぐって召喚されていく。

最後に残ったのは、将軍と姫の二人だけだった。

「それでは姫、私は先に参ります。姫も続けてお越しくだされ」

「よいでしょう、わかりました。それでは、私はあなたが門をくぐってから一拍《いっぱく》おいて、そちらに向かいます」

「承知いたしました。準備を整《ととの》えて、お待ちしております」

将軍は姫に一時の別れを告げると、そのまま門をくぐり抜け、この空間から消滅した。

姫は、誰もいなくなった空間でふうと一息吐《は》き出して、次の瞬間には何事もなかったかのように鋭《するど》い目つきを門へと向ける。

「私は、この場に呼ばれた唯一の姫。私の采配《さいはい》に旗下《きか》三十二名の命がかかっています。気を抜くことなど許されません！」

姫は緊張感を持ちつつも、それでいて優雅《ゆうが》な動作で門へと向かう。

パパパパーン！

おめでとうございます！

ラストワン賞を引かれた方には素敵な景品がございます！

おまけのギフトをお受け取りください！

「ひえっ……お、驚いてなどいません。まったく、冗談《じょうだん》もほどほどにしてほしいですわ！」

姫は、突然現れたギフトが書かれたカードを掴み取って一瞥《いちべつ》すると、何事もなかったかのように門をくぐり抜けていった。

スキル名：創造《クリエイト》
スキルランク：ラストワン
概要：分解し創造する。

◇

「魔術師長、どうするんだ？　あの光は今からでも止められるのか？」

「赤髪の勇者様、あの光は儀式完了の合図のようなものなのです。一部の勇者はすでに召喚が始まっているでしょう。今から止めることは……」

魔術師長に聞くと、悔しそうに首を横に振った。せめて王宮の内部にいれば、予兆《よちょう》を感じることができるので、発動前に止められたかもしれないというのだが……だとすると、錬金術師を救うために王宮から離れることになったのは、敵の罠だったのだろうか。

俺たちが召喚されたときは、最初に「魔王を討伐してほしい」という目的を告げられ、それを信じて行動する者が多かった。だから「特定の王子の味方になってほしい」と聞かされた場合も、無条件にそれを信じてしまう可能性がある。

おそらく敵が今回召喚した目的は、自分たちの手駒《てごま》を増やすためなのだろう。

「なあ、魔術師長。そもそも勇者って、そんな簡単に召喚できるものなのか？」

「技術的な難易度《なんいど》は高いのですが、不可能ではありません。正統な王族のみに伝えられる秘術《ひじゅつ》という扱いではありますが」

「はい。勇者召喚については、王宮から依頼を受けて、私が改めて調査をしていました……」

そう錬金術師がつけ加える。つまり、第三王子たちは、王家が調査していた秘術を、錬金術師を襲うことでかすめ取ったということか。

あまりにも計算された行動のように感じる……もしかしたら、錬金術師に調査を依頼したこと自体が、第三王子派閥の差し金という可能性もあるのか？

「いずれにせよ、今からでも、新しい勇者たちに対して事情を説明しに行くべきなんじゃないか？」

「そうですよ！　すべての勇者が召喚されるまで、まだ時間があるはずです。何もしないよりは、できるだけ早く、彼らに私たち側の考えを話しておくべきです！」

俺と錬金術師が話しかけると、魔術師長は吹っ切れたように顔を上げた。

「そうですな！　終わったことを悔《く》いても仕方ありません。急ぎましょう、錬金術師殿、赤髪の勇者様！」

気持ちを切り替えた魔術師長は、走って階段を下りはじめた。俺たちも急いでそれに続く。

監獄塔の外に出ると、王宮側から先ほど案内をしてくれた幼いメイドが慌《あわ》てた様子で駆け寄ってきた。

「魔術師長様！　大変です！　大広間が、大変です！」

「わかっておる。勇者が召喚されたのであろう？　ワシも今からそれを止めに……」

「ダメです！　危険です！　今行ったら殺されてしまいます！　みんなは私を逃すために……ここも危ないです。逃げましょう！」

「お主は一体、何を言っておるのじゃ……？」

魔術師長はメイドを宥《なだ》めつつ事情を聞き出そうとするが、メイドは何かを怖がっているようでまともに話ができなかった。

そろそろ俺も口を挟もうかと迷《まよ》っていると、ズウゥンと王宮全体が揺《ゆ》れるほどの低く大きな音が響き渡った。音の発生源は王宮のようだが……

「おい、魔術師長。この爆発音も勇者召喚の影響なのか？」

「いえ、赤髪の勇者様……このような現象は、以前は発生しておりませんでした。まさか儀式が失敗して……？」

魔術師長は困惑した表情をしている。

どうやら王宮では、彼ですら分からない事態が起きているようだ。

数回続いた爆発音が静まって、怯《おび》えていたメイドがようやく落ち着きを取り戻すと、王宮の方から爆煙《ばくえん》とともにゆらりと一つの人影が現れた。

「魔術師長……おそらくさっきの爆発は、敵の攻撃によるものだ」

俺はみんなを庇《かば》うように、一歩前へ出た。

王宮から爆煙を身にまといながら現れたその男は、浅黒い筋肉質の肌に色素《しきそ》の抜けた白い髪、猫の瞳のような鋭い目つきをしている。

人間に似た姿をしているが、日本人の見た目ではないし、テレビでよく見る外国人とも全く違う。

耳が異様に横に長く、顔は狐《きつね》のように鋭く尖《とが》っている。

勇者召喚が「異世界から勇者を召喚する技術」なのだとしたら、おそらくこの男は、俺たちとは違う世界から召喚された勇者に違いない。

「逃がしませんよ！　おや？　あなたたちは新しい獲物ですか？　狩りを続けることができるなんて、私は幸せ者ですね！」

「ひぇ……勇者様、助けて……」

どうやらメイドは、この男から逃げていたようだ。

「任せろ。ここは俺がなんとかする。錬金術師と魔術師長とメイドは逃げろ！」

俺が腰の剣を鞘から抜くと、相手も同じように剣を抜いた。

あの剣は、この世界でよく見るタイプのものだ。……おそらく王宮の兵隊を殺して、奪い取ったのだろう。

シッ……ギンッ！

男は姿勢を低くして走って俺に近づいてくると、何も言わずに無造作《むぞうさ》に斬りかかってきた。

目の前に振り下ろされた剣を、俺の剣で受け止めて防御するが……

「クソッ、なんて力だ……」

「おや？　あなたはなかなかやるようですね～。やりがいがありそうです！」

さすがは異世界から召喚された勇者というべきか。

信じられないことに、レベル20を超える俺のステータスでも、自力では抑え込むのが限界だった。

……だが、それだけなら！

「強化！　切断力！」

叫《さけ》びながら俺の剣に対して、ギフトの力を発動させる。強化の力を受けた俺の剣は、強《きょう》靭性《じんせい》はそのままに、切断力だけが数段階上昇し……敵の持っている剣をぶった斬る。

「強化、脚力！　強化、瞬発力！　強化、衝撃力《しょうげきりょく》！」

さらにギフトの力を重ねがけし、砲弾並みに強化された蹴《け》りを繰り出して、敵を数メートル吹き飛ばすが……

「おやおや、情けないのう……わたくしが変わりましょうか？」

「くふっ、いつも偉そうにしてるわりに、大したことないんですのね」

「う……うるさいです！　あなたたちは邪魔をせず、そこで見ていなさい！　あれは私の獲物ですわ！」

壁に衝突《しょうとつ》してダメージを受けている敵に追撃を加えようとしたタイミングで、王宮の中から第二、第三の敵が現れた。

一人だけなら、このまま戦い続ければ勝てると思っていたのだが、数が増えたとなると話が変わってくる。

新たに現れた敵に警戒を強め、その場に留《とど》まっていると、錬金術師がそっと近づいてきて耳打ちをした。

「赤髪さん、ここは退《ひ》きましょう！　私の錬金術で目眩《めくら》まししますから、その隙《すき》に！」

「赤髪の勇者様、こちらです！　お早く！」

どうやら、錬金術師だけでなく、魔術師長も同じ考えのようだ。

錬金術師は、どこからか取り出した試験管の蓋《ふた》を開け、中に入った液体を地面に振りかける。

すると、もくもくと煙幕《えんまく》が立ち上がり、敵の視界を阻《はば》んで……

「逃げるのですか？　逃がしませ……ぐ、逃がしませんよ！」

どうやら敵は、俺の蹴りのダメージが残っているらしく、動きが鈍《にぶ》っているようだ。

後から来た二人も「邪魔をするな」という言葉に従っているのか、手を出すような気配はないし……今なら、簡単に逃げ切れるだろう。

「分かった、魔術師長、案内してくれ」

「もちろんです。まずはこちらに」

逃げる先は、この王宮に一番詳しい魔術師長に任せることにして、俺は最後に「この決着は、いつか必ずつけてやるからな！」と一言だけ残し、逃げることにした。

◇

王宮に安全地帯はないと判断した俺たちは、魔術師長の案内に従って、街の大通り沿いにある、とある宿屋に飛び込んだ。

この宿屋は魔術師長が隠れ家としてよく使っているらしく、突然訪れた俺たちから事情を聞くこともなく、二階にある一室へと案内してくれた。

シンプルだが調和の取れた綺麗《きれい》な部屋で、窓の形などが工夫されているのか、外からは中が分かりにくいが、こちらからは外の様子を確認しやすいようになっている。

「どうやらあの人たちは、王宮の外で騒ぎを起こしてはいないみたいですね……」

錬金術師が窓から外を確認したところ、まだ街は落ち着いているらしい。

ただし、今は大丈夫だからといって、今後も同じとは限らない。現に、王宮はすでにやつらに占拠《せんきょ》されてしまっている。召喚されたばかりの敵の目的は不明だが、いずれここも安全ではなくなるだろう。

「……それで、魔術師長」

「なんですかな、赤髪の勇者様」

「これから、どうするんだ？　俺が戦った相手ぐらいの実力者が十人とか二十人とか召喚されていたら、俺の力だけで王宮を取り戻すのは不可能だぞ」

「そうですな……」

俺が問いかけると、魔術師長は考え込むように指を顎《あご》に当てた。

王宮を取り戻すべきか、諦《あきら》めるべきか。諦《あきら》めたとして、今後どうするのか。国民は見捨てるのか？　それとも全員で逃げるのか？

あの感じからすると、新たに召喚された勇者たちが第三王子の支配下にある気がしない。おそらく、制御《せいぎょ》できずに派閥ごと潰《つぶ》されたのではないか。であれば、勇者たちと交渉《こうしょう》をして、俺たちと同じように魔王討伐のために戦ってもらいたいところだ。

ただ、召喚されて間もないのに、勝手に暴れて王宮を制圧してしまうようなやつらが、交渉のテーブルに着いてくれるとは思えないが……

俺としても何が正解なのか分からないので、魔術師長の答えをひたすら待ち続けていると、どうやら彼は、彼なりの答えを出したようだ。

「赤髪の勇者様、錬金術師殿、協力してほしいことがあるのですが……」

魔術師長は悩んだ結果、どうやら俺たちに正式に協力を要請することにしたようだ。

「なんだ？　手伝えることなら協力するぞ」

「私も、微力《びりょく》ながらお手伝いしますよ！」

錬金術師も俺と同じ考えを持っているようだ。

さすがに、ここで魔術師長が「侵略者を滅ぼす！」とか言い出したら、引きずってでも逃げようと思っているのだが、そこまで無謀《むぼう》ではないと信じたい。

「私たちがすべきことは、三つあります。一つは、敵の規模《きぼ》と目的を調べること。それが分からなければ、方針を決めることすら難しいですからな。そして次に、生存者がいたら救出すること。このメイドのように、生き延《の》びたが逃げられなかった者が大勢いると思われます。彼らを一人でも多く、救出する必要があります。そして最後に、これが一番重要なのですが……」

魔術師長は、まくし立てるように二つ目までを言った後、息継《いきつ》ぎをしてから続けた。

「王宮にいる、我らの国王を救出することです！」

「……それは、王様を最優先して、他の人は二の次、ということか？」

「赤髪の勇者様のおっしゃる通りで間違いありません。命に優先順位をつけるべきではないという理屈は分かりますが」

魔術師長は、批判も覚悟の上で、数百人いる使用人よりも一人の国王を助けるべきだと言っている。

両方とも救えるのならそれが一番いいのだろうが、どちらかしか助けられないとなったら、王族を優先してほしい——そういうことなのだろう。

命の重さを天秤《てんびん》にかけることはできないとはいえ、人を導く王族を救うことが結果として、一人でも多くの命を救うことになる。

その判断に反論するのは簡単だが、俺はそれ以上の策を持っていない……ならば今は、それに従うことにしよう。

「分かった。俺はそれでいい。……だが、具体的にはどうするんだ？　王様が現時点で無事なのかも分からないし、そもそも俺は王様の顔も知らないぞ？」

「その点は心配無用です。王宮は迷路《めいろ》のように入り組んでおり、国王陛下がいる場所はその中でも最奥部《さいおうぶ》。そう簡単に見つかることはないでしょう。場所を知る者も少ないので、私自身が向かいます」

「つまり俺は、王のところに向かう魔術師長の護衛をすればいいんだな？」

「お願いできますかな？」

魔術師長の提案に頷《うなず》いておく。

ここで小さなメイドが手を上げて、魔術師長に話しかけた。

「あの！　私たちは何をすればいいですか？　お仕事をください！」

「そうだな……お主には、この街に避難勧告《かんこく》を出してほしい。そして、錬金術師殿にはこのメイドの手伝いをしてほしいのだが……頼めますか？」

「お任せください！　私はメイドですから、えへん！」

「私も、それでかまいません」

魔術師長に仕事を振られてやる気を出した小さなメイドは、早速錬金術師の手を引いて部屋の外へ出ていった。

「なあ、あれに任せて本当に大丈夫なのか？」

「あれでもメイドとして一通りの訓練を受けております。それに、ああ見えて使用人の中でも優秀なのです。任せておけば大丈夫でしょう」

「人は見た目によらないってことか……」

メイドが開け放った扉がバタンと音を立てて閉じたのを確認すると、魔術師長はクローゼットの奥から一本の長い杖を取り出した。

そのまま俺たちも部屋を出て、裏路地《うらろじ》を通り王宮の近くにある行き止まりで立ち止まると、彼は何もない壁の前で呪文のようなものを唱《とな》えはじめた。

「……何をしているんだ？」

俺が問いかけても返事はなく、そのまま数秒待ったら、壁がスッと音を立てずに横に開いた。あっという間に、地下へと続く隠し通路が現れる。

「さあ赤髪の勇者様、こちらへどうぞ」

「なるほど、こんな仕掛けがあったのか……」

地下通路を通ると、後は特に変わった仕掛けはない。ほとんど明かりもない薄暗い通路を、魔術師長についていく。

途中何度も枝分かれをしていたが、彼は道を完全に把握《はあく》しているようで、一度も迷うことはなかった。そして最後に、十メートルぐらい続く長い階段を上り終えると……そこには少し豪華な扉が見えた。

「赤髪の勇者様、この先にこの国の王がいるはずです。念のため、あまり失礼はないようにお気をつけくださいい」

「……まあ、努力はする」

俺は、王への謁見《えっけん》とかをした経験はないからな。ただ、こちらも一応、勇者ではあるわけだし、よほどのことがなければ許してもらえるだろう。

魔術師長が扉を開け、先に中へと入っていく。

中はどうやら窓一つないのだが、天井に取りつけられた照明のおかげで明るさも確保されている。そこそこ広い書斎《しょさい》のような個室になっていて、一人の男が疲れた様子で頭を抱えて椅子に座っていた。

「失礼いたします、陛下。助けに参りました……」

「魔術師長か、ご苦労。事態は聞き及んでおる。お主一人か？」

「いえ、護衛として勇者を一人連れております。……赤髪よ、入るがよい」

どうやら、魔術師長が話しているこの部屋の主こそが、この国の王様らしい。いかにも王様といった貫禄《かんろく》はあるが、不思議なことに偉そうな感じはあまりしない。

むしろ、どちらかというと話しやすい、優《やさ》しい雰囲気《ふんいき》を持っているようにも感じられた。

「初めまして、王様。俺はユータ、赤髪の勇者だ。あんたが無事に逃げられるように護衛をすることになった」

どう対応すべきなのか迷ったが、結局は自然体に近い形で対応することにした。

魔術師長は「なんて失礼なことを……」みたいな顔をしているが、王様はそんな俺を見て相好《そうごう》を崩しているから問題ないだろう。

「そうか、お主が我を守護せし勇者か！　頼んだぞ、赤髪の勇者よ！」

「任せておけ。俺がいる限り、王様には指一本触れさせせねえ！」

別に王様に媚《こび》を売りたいわけじゃないが、それでも俺は、この人に少しでも安心してほしいと思った。見ず知らずの人にこんな感情を抱くのは変かもしれないが、これこそがこの人の持つ、王としてのカリスマ……なのかもしれないな。

それに、勇者の方がビビッていたら、守られる王様の方も落ち着かないだろう。そんな状況じゃ、逆に守れるものも守れなくなってしまう。

王様を一行に加えた俺たちは、さっき通ってきた通路を引き返していく。魔術師長が先導し、王様がその後に、そして俺は二人を常に視界に収めながら、最後尾《さいこうび》を進む。

途中、魔術師長は何やら魔術のようなものを使っていたが、どうやら地下から地上の王宮内部の様子を探っているらしい。王様を救出したついでに、現状の把握に務《つと》めているのだろう。そのまま俺たちは誰にも会うことなく、再び地上に戻ってきたのだが……俺たちが王様を救出しているたった数十分の間に、街は避難を始めた人々でごったがえしていた。

表の通りは、避難しようとする人たちで大騒ぎになっているが、パニックになっている感じではない。

とはいえ、ただでさえ浮き足立っているところに王様が顔を出すのはリスクが高いということで、俺たちは裏道を抜けて街中《まちなか》の隠れ家へと帰ってきていた。

王様は、部屋にある小さな窓から外を眺め、自分の国の自分の街から人が流れ出ていく様子を見ながらため息をついた。

「魔術師長、そして赤髪の勇者よ、お主らは今の状況をどう見る？　お主らの力であれば、賊《ぞく》から宮殿を取り戻すことも可能か？」

「恐れながら陛下。やつらの実力は未知数なれど、すでに王宮の兵を倒し制圧しているところから考えると、私では力不足でございます……」

「そうか、そうであろうな。ならば赤髪の勇者よ、お主はどうだ？　勇者の力であれば、対抗することは可能か？」

「そうだな……」

王様に問われて、改めて王宮近くで戦った敵のことを思い出してみるが、おそらくあのまま戦い続けていれば、あの一人に勝つことぐらいはできただろう。だが、それはあくまで「一対一であれば勝てた」というだけで、複数の敵が束《たば》になってきたときに無双《むそう》ができるわけではない。

「王様、正直《しょうじき》なところ、それは現実的ではないぜ。正面から一対一の決闘を仕掛けるんだったら勝てると思うが、敵は一人じゃない。せめて俺と同じぐらいに戦えるやつが、敵の数の半分ぐらいは必要だと思うぜ」

「そうか、わかった……」

王様は俺と魔術師長の話を聞いて、黙って考え込んでしまった。

おそらく彼自身も、勝ち目が薄いことには気がついているはずだ。だがそれでも、長年自分が治《おさ》めてきた街を見捨てることは難しいのだろう。

「王様、気持ちは分かるが、今は避難した方がいいぜ。せめて俺たちも他の勇者と力を合わせて……」

「そうなのだが……魔術師長、お主が解析《かいせき》していた例のあれは、どうなっておる？」

「宝杖《ほうじょう》のことですね。解析自体は八割ほど進んでいますが、封印の解除はまだ……」

「そうか、まあ仕方ないか……」

王様には、何か心当たりというか、心残りがあるように見える。

ただ、俺たちはそんな話聞いたこともない。

「なあ、その『例のあれ』ってのは何のことだ？　俺たちには隠しておきたい何かか？」

「赤髪の勇者様……そうですな。私から説明しましょう。よろしいですよね、陛下」

「よかろう。今は勇者の裏切りなど考えている余裕もないからな……」

魔術師長は王様から許可を得ると、机の上に紙を広げ、そこにペンで図を描《えが》きながら説明を始めた。

「赤髪の勇者様、この国には、古くから伝わる話があるのです。その内容は、『かつてこの大陸では人間族が平和に暮らしていたのですが、ある日突然、海を越えて魔族が押し寄せてきました。魔族たちは人間の住む魔力の豊富な土地を奪おうと考えたのです。今まで平和に暮らしてきていた人間は、魔族たちによる暴力になす術《すべ》もなく敗北し、多くの命が奪われ、あるいは奴隷として利用されるようになりました……』」

魔術師長から聞いた話は、この国というか、この世界の人間に語り継がれてきた伝説で、おそらくそれは物語調にはなっているが、基本的には実際にあった歴史なのだろう。

「そんなことがあったのか……それで？」

「『魔族の圧政に苦しむ人間は、神に祈りました。我々をお救いくださいと。魔族から人間をお守りくださいと。そしてその願いは神に届きました。神は天界から一人の青年を降臨させます。人々はその青年を神の子とか天使とかと呼ぶようになりました』というあらすじです」

話の筋《すじ》としては、よくある神話のそれというか……だが、この世界で天界から降臨となると、話は変わってくる。

「なあ、魔術師長。もしかしてそれって……」

「はい。これは学者の中でも意見が割れているのですが、もしかしたら原初の勇者召喚だったのかもしれないと言われております」

やはりそうか。一人しか召喚されなかったところや、儀式ではなく祈りで召喚されるところは違っているが、もしかしたら昔の人は原理もよくわからずに勇者を召喚したのかもしれないな。それこそまさに、奇跡《きせき》のように。

「それで？　その勇者……神の子とやらが何か関係するのか？」

「はい。天より降臨した神の子は自ら戦うことはせず、人間に二つの武器を授《さず》けました。一つは、王宮にある『空割《ソラワリ》』という名の剣で、こちらは真の勇者様に預けてあります。そして残る一つは『理割《コトワリ》』という名の杖なのですが……」

魔術師長は用紙に剣の絵と杖の絵を描いている。この剣がソラワリで、杖の方がコトワリらしい。

そういえば、真の勇者を名乗る老人は、このソラワリに似た武器を背負《せお》っていたような気もするかな……

「つまり、そのコトワリの封印を解除できれば、やつらに勝てる可能性もあるってことだな？」

「その通りです、赤髪の勇者様。コトワリには名の通り、世の中の理論をねじ曲《ま》げるほどの威力《いりょく》があると、伝説では伝わっております。……ですが先ほども申し上げた通り、我々はあのコトワリの解析に十年以上を費やしており、いまだにその全容は見えておりません……」

今更コトワリを手にしたところで、すぐに敵に勝てるわけではないが、それでも数少ない可能性の一つになることは間違いないのだろう。

それに、こちらで確保だけでもしておかないと、最悪の場合、最強クラスの武器が敵に使われてしまう危険もあるわけだ。

「コトワリは今、王宮にあるんだよな？　だとしたら、それは俺一人で回収に行くことにする。王様と魔術師長は、街の外にでも避難しておいてくれ」

「コトワリは今、王宮の地下にある研究室で保管されています。隠し通路を通っていけば、誰にも見つからずに向かうことができると思いますが……」

「そうか……では赤髪よ、お主にコトワリ回収の任務を与える。……無事に戻れよ！」

「任せとけ！」

俺は魔術師長から王宮の隠し通路の地図を受け取ると、二人に別れを告げて、再び王宮へ戻ることにした。

魔術師長から受け取った地図に従って進んでいき、たどり着いたのは質素な扉の前だった。

扉を開けて中に入ると、そこでは白衣を着た研究者らしき人たちが慌《あわ》ただしく動いていた。

突然隠し扉から現れた俺に驚いた様子だが、隠し扉の存在を知っているのか、比較的冷静そうな一人がこちらに近づいてきた。

「失礼ですが……あなたは、勇者様でございますか？」

「そうだ。俺はユータ。赤髪の勇者だ。魔術師長に言われてコトワリを回収に来たんだが……これはどういう状況だ？」

「見ての通り、逃げるに逃げられなくて困っていたところです。我々研究者には隠し通路の場所までは伝えられていませんでしたから……」

言われてみると、一つしかない通常の出入り口の扉には板が貼りつけてあり、完全に封鎖されている。

扉の向こう側にはすでに敵がいるらしく、激しい音を立てて扉を破壊しようとするのを、内側にいる魔術師の格好をした数人が発動する魔術でどうにか防いでいた。

部屋の中には、白衣を着た研究者や黒衣を着た魔術師の他に、メイドや執事、シェフや勇者も何人か交じっている。

どうやらこの部屋は一つの避難場所になっていて、敵勇者の侵攻をギリギリのところで食い止めているらしい。

「状況をもう少し詳しく教えてくれ。敵の数は？　この状態は、あとどれぐらい保ちそうなんだ？」

「こちらから外の様子を確認できないので推測になりますが……敵の数は、現時点では一人だけです。ただ先ほど、『応援を呼んでくる』という声も聞こえましたので……」

「敵が集まってくるのも時間の問題ということか。分かった。外に出られる道が描かれた地図があるから、お前たちはこれを使って避難してくれ。ところで、俺にコトワリがどこにあるのか教えてくれないか？」

「勇者様、コトワリでしたら勇者様の目の前に置かれていますよ」

研究員が「これです」と言って指さしたのは、どう見ても錆《さ》びついた鉄の棒切れにしか見えないものだった。

下に敷《し》かれた魔法陣や、そばにある魔力のこもった宝石の方が雰囲気《ふんいき》が出ている。この鉄くず自体からは何も感じられない……

少なくとも「これが伝説の宝杖です」と言われて信じる人はいないだろう。

「これが……コトワリ？　こんなものが？」

「見た目は確かに悪いですが、間違いなく伝説の宝杖です。いまだに、本来の使い方すら解析できていませんが……」

ちなみに、周りに置かれた様々な機材は、このコトワリを研究するための道具らしい。

十年以上研究を続けても、分かったことは「内部には計り知れないエネルギーがある」ということと、どれだけ力を加えても変形しないだけの強度を持っていることのみ、とのこと。

「分かった、こいつは俺が回収して、魔術師長に手渡すことにする。この場は俺一人で守り抜くから、お前たちは避難を始めてくれ。たぶん王様と魔術師長が外にいるはずだから、外に出たら彼らに従えばいい」

「……分かりました。勇者様もお気をつけて」

部屋にいる人が避難するのは研究員に任せることにして、俺は扉の強化をしている魔術師たちに声をかけることにした。

「代わるぞ、お前たちも避難の準備を……」

「いいえ、いくら勇者様といえど、お一人では……」

まあ確かに、今まで数人がかりで魔術を使ってぎりぎり耐え抜いていたのだから、気持ちは分からなくもないが……それは、勇者という存在を甘く見すぎているな。

特に、俺のギフトは「強化」だ。この場を守るのに、俺以上に適した者がいるとは思えない。

「これは、お見事です！　他の勇者様方は見ているだけで何もなさらなかったのですが……」

「まあ見てろ。扉の強度を、強化！　……これでしばらくは大丈夫なはずだ」

なるほど、後ろでメイドや執事に交じって怯《おび》えているあの勇者たちか。見た感じだとあまりレベルは上げていないようだが、どちらかというと、単にギフトの内容がかみ合わなかっただけな気がする。

たまたま俺のギフトは、物質に対しても強化が可能だったから役に立っただけだ。例えばこれが自分自身の強化しかできないギフトだったら、俺も彼らと同じように見ていることしかできなかっただろう。

それに彼らは今も、他の皆が避難するのを積極的《せっきょくてき》に手伝ってくれているみたいだから、勇者としての責務《せきむ》を放棄《ほうき》しているわけではない。

「まあ、俺がすごすぎるってだけの話だ。さ、お前らもとっとと避難しな！」

俺の強化のギフトは持続時間が約二十秒間だから、余裕を見て大体十五秒に一度のペースで重ねがけする必要がある。

定期的に扉や壁に強化のギフトを発動しながら避難の様子を見ていると、五回目のかけなおしをする前に避難はほとんど完了した。

残っているのは勇者が五人だけ。どうやら彼らはちゃんと勇者としての使命を果たすべく、逃げ出すのを最後まで待っていてくれたようだ。そのうちの一人が、俺のところへ駆け寄ってくる。

「おい、お前も勇者……なんだよな？　お前のおかげで全員の避難が完了した。俺たちも行くから、お前も早く！」

「ああ、わかった。俺は最後にこの扉を強化してから行く。だから、お前たちは先に……なんだ、この気配は？」

「気配？　何のことだ？」

突然扉の向こうから、鳥肌が立つような嫌な気配が漂ってきたのだ。

俺以外の勇者は特に気づいていないようだが……気のせいか？

気配を感じた直後、断続的《だんぞくてき》に続いていた扉への攻撃がやみ、扉越しに声が聞こえてくる。

「手こずっておるようですな。手を貸しましょうか？」

「猊下《げいか》、よくぞお越しに。申し訳ありません、私では力不足でいまだこの扉を突破できず……」

「そう畏《かしこ》まらずともよいですよ。……ふむ、なかなか堅固《けんご》なようですね。ですがこのようなときは、力業《ちからわざ》ではなく、内側から開ければよいのです。見ていなさい」

コンコンと、不気味なほど静かに扉を叩《たた》く音が聞こえた直後、全身に悪寒《おかん》が走る。まるで臓器《ぞうき》を直接鷲掴《わしづか》みにされたかのごとく。

その直後、全身が金縛《かなしば》りにあったような錯覚《さっかく》にあう。だが、自分自身に強化のギフトを発動させることで、即座に回復することができた。

だが、同じ攻撃をもう一度受けても無事かどうかは……いや、耐えきってみせる。

「お前ら、やばいのが来た！　俺がこの扉を死守するから、お前たちは逃げろ！」

俺は敵の攻撃を何とか防ぐことができたが、他の勇者に同じことができるかというと……厳しいだろう。

振り向かず、扉に向かって強化のギフトを重ねながら声だけをかけると、返ってきたのは苦しそうな返事と、脳を揺らす頭部への一撃だった。

「す……すまない、体が、体の動きが……」

どうやら敵の攻撃は、金縛《かなしば》りをかけた後に対象の体を操《あやつ》るものだったらしい。

今のは、操られた勇者が殴《なぐ》ってきたのだろう。

これは……油断した俺が完全に悪い。軽い脳震盪《のうしんとう》になっているのか、視界がゆがむ。そんな状況で、自身に強化を発動して防御をしようとするよりも前に、肺の空気を押し出すような一撃をさらに背中に受けて……どうやらこのタイミングで、俺の意識は完全に落ちた。

◇

扉の強化が解除されるのを待ち、倒れている赤髪の勇者と、洗脳《せんのう》の支配下にある数人の勇者以外はもぬけの殻《から》になっていることを確認した呪術師。彼は、どうやら追い詰めていたはずの獲物に逃げられてしまったらしいことには気づいたが、この部屋のどこかにあると思われる隠し通路を探しはしなかった。

彼は部屋の中を眺め、特に危険なものがあるわけではないことを確認すると、気絶《きぜつ》している勇者のことは部下に任せ、自身は洗脳済みの勇者を連れて、姫のもとへと報告に向かうことにした。

姫は王宮にある聖堂の、祭壇《さいだん》の上に玉座《ぎょくざ》を置いて、その上にゆったりと腰かけていた。

今まで謁見《えっけん》に使われていた広間は、王宮の兵士の亡骸《なきがら》や流血で汚れており、代わりになる神聖な場所を探した結果、この聖堂を利用することにしたのである。

他の兵や将軍は現在別の仕事に当たっていて、聖堂には姫が一人いるだけだった。

足音が響くほど静かな聖堂に足を踏み入れた呪術師は、恭《うやうや》しく頭を下げた。

「姫様、ただいま戻りました」

「よくぞ戻りました、教皇猊下《げいか》。して、いかがでしたか?」

「ははっ。地下室にいた連中の制圧は、無事に完了しました。ただし隠し通路のようなものがあったらしく、立てこもっていた大半の者には逃げられたようでございます」

「そうですか……賊を締《し》め出せただけでよしとしましょう。ところで、お前の後ろにいるそれは、何者ですか?」

姫は、呪術師――別世界の教皇の後ろに控《ひか》え、微動《びどう》だにしない――正確にはできない、だが――五人の勇者に視線を向けて問いかけた。

「これらは、私の呪術師《ギフト》で自在に操れるようになった人形でございます」

「なるほど、便利なギフトですね」

「はい。ですが、私の力では操れる者と操れない者がいるようです……現に、敵の中には操れなかった者が一人おりました。それは地下牢《ろう》に放り込んでおきましたが……」

「そうですか、それは興味深いですね。あとで私も見に行ってみましょう」

「拘束《こうそく》はしていますが、暴れるかもしれませんので、お気をつけてください」

呪術師に倒された赤髪の勇者は、今のところは殺されておらず、王宮の地下に存在する牢獄《ろうごく》に監禁されていた。ただし武器を取り上げられ、両手を後ろできつく縛《しば》られた状態のため、いかにレベルの高い勇者である彼であっても、簡単に逃げ出せる状態ではなかったが。

「まあ、その者のことはどうでもいいです。それで、何か面白《おもしろ》い物は見つかりましたか？」

「そうですね。どうやらやつらが逃げ込んでいた場所は、研究施設だったようです。研究中のものや研究結果の書類がいくつか見つかりそうです。現在部下に調査をさせているので、いずれ報告があるでしょう。ああそういえば、例の……私の呪術が効かなかった男が大切に抱えていたものは回収しておきました。こちらになります」

「それは？」

「私にもわかりません。棒切れにしか見えないのですが……」

「ですよね。わかりました、貸してください」

呪術師は赤髪の勇者から奪い取ったコトワリを姫に手渡す。すると姫は、じっと睨《にら》みつけたあと、口を開いた。

「……これは、どうやら『コトワリ』という名前がつけられているようです」

「姫、それが何かわかるのですか？」

「ええ。これが私のギフトです。手に触れたものの情報を手に入れることができるのですが……」

「それはそれは、便利な力でございますね」

呪術師の言葉に姫は「そうなのですけどね……」と返し、ギフトの力を発動させながら、首をかしげていた。

どうやらSSSレアである賢者の力を使っても、この棒切れの情報をすべて引き出すことはできない。

「どうやら、今の私ではまだ、すべての情報を引き出すことができないようです。『レベル』というのが不足しているらしいのですが……何か知っていますか？」

「レベル、ですか。恐れながら、初めて聞いた言葉でございます」

「そうですよね。でもあなたが連れてきた、後ろのそれらなら、何か知っているんじゃありませんの？」

姫が指さしたのは、意識と体の自由を奪われて動けない状態でいる勇者たちだった。

「そうですな。試しに聞いてみますか」

呪術師が発動中のギフトを弱めると、勇者の内二人だけ、首から上の自由を取り戻した。

意識と、首から上の自由を取り戻すことができた勇者二人は、自分たちの体の自由を奪っているのが、目の前にいるローブを被《かぶ》った怪しい男だと気がついた。

その後、どれだけ力を込めても指一つ動かない状況を理解して、抗《あらが》うことを諦《あきら》める。

「さて、お主らに質問である。『レベル』とは何なのか。知っていることを話すのだ」

呪術師の脅《おど》すような低い声音《こわね》を聞いて、勇者たちは顔を見合わせた。

「レベルとは……俺たち勇者は、魔物を倒すとレベルが上がります」

「ま、魔物を倒すと、経験値が手に入って、レベルが上がって、ステータスカードで確認できます！」

「ほう、それで？」

呪術師は、あいまいな話をする二人のことを見下ろしながら、目を細めて睨《にら》みつけた。

体が動かない状態で強烈《きょうれつ》な殺気を当てられた二人は震えあがり、慌《あわ》てて言葉を繋げた。

「お、俺たちも経験値とかレベルとかの仕組みはよくわかっていないんだ！　別に隠し事をしているわけじゃない、信じてくれ！」

「そうだ、俺のステータスカードは、鞄《かばん》の中にしまってある。実際に見たほうが早いと思うから、取り出してくれないか？」

呪術師は勇者が身につけている鞄《かばん》をあさり、中から一枚のカードを取り出した。

「姫、どうやらこれがその、ステータスカードというもののようです」

姫はカードを受け取ると、賢者のギフトを使って情報を検索した。

「……どうやらこれは、召喚者専用の道具のようです。この道具を使うと、魔物を倒して得た経験値を使ってギフトを強化できる、らしいです」

「そうですか。姫、それは私たちにも使えるのでしょうか？」

「それは、難しそうです。今の情報が邪魔で、新たに所有者を登録することができません」

「例えば、今の所有者を殺しても不可能なのでございますか？」

「残念ですが、殺したぐらいでは駄目《だめ》みたいですね。これらの情報を何らかの方法で洗い落とす必要があります」

勇者たちは、殺されることはなさそうだと思ってほっと息を吐《は》くが、次の瞬間には意識を失った。

これ以上聞くことはないと判断した呪術師が呪いの力を強め、再び意識を奪ったのだ。

「姫、私はこれから、このカードの在庫がないか、調べてまいります」

呪術師はそう言って、部屋を後にしようと扉を開けると、そこにはちょうど戻ってきた将軍がいた。

将軍は呪術師に会釈《えしゃく》をしながら、入れ替わるように聖堂へと足を踏み入れる。

「姫、ただいま戻りました」

「将軍、よいところに戻ってきました」

「何かご用でしょうか？」

「将軍、わが軍に『汚れを落とす能力』を手に入れた者はいませんでしたか？」

姫に問いかけられた将軍は、全兵士の獲得したギフトの内容を思い返しつつ、ふと何かを思い出したのか顔を上げた。

「ああ、わが軍の者ではありませんが、心当たりがありますぞ！」

「それは本当ですか？」

「はい。厨房《ちゅうぼう》を制圧したときに聞いたのですが、現地民から不穢皿《ふえのさら》と呼ばれている食器を見つけました。一枚回収しておいたのですが、本当に何をしても汚れがつきません！」

将軍が取り出したのは「どれだけ使っても汚れることがない」という、とある勇者がギフトの力で洗浄した一枚の皿だった。

将軍から皿を受け取った姫はギフトで皿を解析し、将軍に向けて呟《つぶや》いた。

「これです。この力です！　将軍、この力を持つ者を見つけ出し、とらえてこの場に連れてくるのです！」

「かしこまりました。この命に代えても！」

◇

「う……ここは？」

薄暗い牢屋《ろうや》のような場所だった。

敵との戦いの最中に背後から攻撃を受けた俺は、そのままここに連れてこられたようだ。

床は冷たい石畳《いしだたみ》で、俺はそこに転がされ、放置されているらしい。

「くそっ、どこだよここは……」

手も足も動かせない状態で這《は》うように体の向きを変えると、目に入ったのは壁と鉄格子《てつごうし》だった。どうやら「牢屋のような」ではなく、「牢屋そのもの」だったらしい。

敵が俺を生かしておいた目的は分からないが、いつまでもこんな場所にいる理由はない。何とか脱出の方法を考えたいところだが……

両腕に対して強化《ギフト》を発動して、思いきり力を入れてみたが、手を縛《しば》っている縄《なわ》はびくともしなかった。おそらくだが、俺が勇者であると知った上で、普通よりも強力なものを使っているのだろう。

「目が覚めたでござるか？」

身をよじりつつ縄から抜けようとしていたら、突然上から声をかけられた。暗闇に目を凝《こ》らしてみると、忍者の格好をした不審者が天井に張りついていた。

忍者はそのまま飛び降りて、持っていたナイフで俺を拘束している縄を切り裂いた。

「忍者か、お前はどこにでも現れるな……」

「遅くなってしまい、申し訳ござらん……王と魔術師長に命じられ、赤髪殿の救出に来たでござる！」

「そうか……二人は無事か？」

「魔術師長とこの国の王は、吸血鬼が護衛として守っているでござる。多少の荒事《あらごと》なら任せても大丈夫でござろう」

「吸血鬼……そいつもSレアの勇者か」

確か、吸血鬼というのも、錬金術師や忍者と並ぶSレアのギフトだったと記憶している。

そして、その名前からして、少なくとも錬金術師よりは戦闘向きのギフトなのだろう。

そんな重要人物が、この非常事態に今まで何をしていたのかは気になるが……まあ今はそんなこと考えても仕方がないか。

両手が自由になった俺は、彼のナイフで足を縛《しば》っていた縄も切って完全に体の自由を取り戻した。

「ありがとう、助かったよ」

「礼には及ばぬでござる。お主の鞄《かばん》と装備も回収しておいたから、受け取るでござる」

「なるほど、さすがは忍者ってところか」

忍者は鞄《かばん》から俺の鞄《かばん》と装備を取り出して、こちらに投げてよこした。

自分の鞄《かばん》の中を確認すると、ステータスカードから食料品まで全てそのまま残っている。

ただ、彼が取り返せたのはこれだけらしい。つまり、コトワリの方は、回収することができなかったということか……

「赤髪殿、今は、この場を離れることを優先するでござる。安心せよ、拙者の分身がやつらを見張っているでござるが、敵もまだ、コトワリの能力を解放できていないでござるよ！」

「そうか、お前も魔術師長からコトワリのことは聞いていたのか……そうだ、Sレアのお前ならやつらから取り戻せるんじゃないのか？」

「それは……すまぬでござる！」

忍者から話を聞くと、どうやらコトワリは今、敵の中でも立場がかなり上の者が確保しているらしい。

いくら忍者が強くても、さすがにこの数の敵勇者を相手にするのは難しいのか。

ということで、コトワリのことは心配だが、今はとりあえず忍者と一緒にここを脱出することにした。

牢屋を出て階段を上ると、どうやらここは王宮の敷地内《しきち》だったようで、窓の外には見慣れた庭が広がっている。

忍者は何の変哲《へんてつ》もない部屋に迷うことなく入り込むと、部屋に置いてあった置物をずらし、現れた隠し階段の中へと飛び込んでいった。

「こんなところにまで道があったのか……」

「この王宮は戦時中に作られたもので、こうした仕掛けが無数にあるでござるよ！」

まあ俺としては、なぜこいつはそんな仕掛けに精通《せいつう》しているのかが気になるのだが……まあ実際こうして役に立っているからいいか。

「それで、王様や魔術師長は、今後についてどう考えているんだ？　やはり一度戦力を集めて、この王宮を取り戻す方針なのか？」

「そうしたいと考えていたようでござるが、同時に、別の問題が発生しているのでござる」

「別の？　王宮が占拠されるのに並ぶほど、やばいことが起きているのか？」

「左様。人間界の外側には魔界という領域が広がっており、拙者たちはそこで魔物の軍勢を発見したでござる。お館様……真の勇者が一部の精鋭《せいえい》を残して、拙者たちは先に戻ってきたのでござるが……」

「魔界……魔物どもが支配する場所か。つまり、俺たちは内側の勇者と戦うと同時に、外側から来る魔物とも戦わなければならないってことか」

　魔物と聞くと、以前村を滅ぼし俺の仲間を殺したあの魔物のことが頭をよぎる。

　あれから俺はレベルを上げて、鍛えてきたが……はたして今の俺は、あれに勝てるぐらいに強くなっているのだろうか。

「だったらとりあえず、俺たちはその、真の勇者と合流するために魔界に向かうってことか？」

「その予定だったのでござるが……」

「まだ、何か他にあるのか？」

「人間界を覆うように張られていた結界が、消滅しているようなのでござる」

「結界が消えた？　どういうことだ？」

　そもそも結界があるという話自体、俺にとっては初耳なのだが、忍者はついさっきまで、その結界の外にいて、ちょうど人間界に戻ってきたところらしい。

　だが、忍者が魔界から戻ってきたときに見つけたのは、結界そのものではなく、つい最近結界が消滅したかのような、不自然な痕跡だけだった。

　つまり人間界は、今まで魔物の侵入を防いできた結界が消滅し、無防備な状態になっているということだ。

「原因は？　魔物の軍勢ってのが何かしたのか？　それとも、第二次勇者が？　だとしたらなぜ」

「それについては、拙者よりも魔術師長に聞くといいでござる。着いたでござるよ」

　話しながら走っているうちに、いつの間にか王宮の外に着いていた。

　地下から隠し扉を開けて地上に出て、裏道を通って進むと、魔術師長たちが隠れている宿へとたどり着いた。

「赤髪の勇者様、よくぞお戻りになられました……」

　扉を開けて、最初に出迎えてくれたのは魔術師長で、その奥には王様や、研究室で助け出した従業員たちの姿もあった。ただ、そのとき一緒にいた勇者五人の姿は見当たらない。

　逃げ遅れてしまったのだろうか。

「魔術師長、すまない。コトワリは、敵に奪われてしまった」

「どうやら、そのようですな。ですが、それは既に過ぎてしまったことです。それよりも今は、今後のことを考えましょう。人間界の結界が崩れてしまった以上、これから魔物が押し寄せてくるはずです」

　魔術師長は、コトワリのことなど気にしていないそぶりをする。

　どうやら結界の消滅は、切り札《ふだ》にもなりうる宝杖よりも、はるかに重要な話らしい。

「そうだ、その話だ！　魔術師長、結界が破壊されたってのは、どういうことなんだ？」

「……まず前提として、この人間界は、遥《はる》か古《いにしえ》の時代に作られた結界によって守られていたようなのです」

　このあたりからすでに話があやふやなのは、実際にその結界を見た者はいないかららしい。

　ただ実際に、強力な魔物が侵入してこなかったという事実から、確かに結界があることは周知の事実として知られていたのだとか。

「それで？」

「そして、勇者召喚という術式も、同じく古代に開発され、王家に伝わってきたものなのです。我々魔術師は、その術式をなぞり、十分な魔力を使って儀式を行《おこな》ったつもりでした……が、あとから錬金術師殿に計算してもらったところ、どう考えても魔力が圧倒的に不足していたのです。さらに研究を進めると、どうやら不足分の魔力は結界を維持していた〝機構〟から、知らずに拝借《はいしゃく》していたようで……」

「つまり、一度の勇者召喚には耐えられた結界も、二度目の召喚には耐えきれずに壊れたってことか」

魔術師長によると、空気中の魔力が以前と比べて変化していることや、忍者が結界の痕跡を見たという情報から、ほぼ間違いないらしい。

要は、この街を取り戻すために人間同士で争っている余裕は完全になくなったということだ。

とはいえ、この街に残り続けるのが危険なことも間違いないので、忍者の提案により、俺たちは一度近くの村に避難することにした。

それにあたり、王や魔術師長と一部のメイドや執事は、徒歩《とほ》ではなく馬で移動することになった。

街中《まちなか》で乗馬用の馬を数頭確保して、それぞれにまたがって走り出す。

俺と忍者は馬の乗り方など知らないから、最初は誰かの後ろに乗せてもらおうかとも思った。だが、そもそも俺たちならば馬に乗らなくても同じくらいの速度で走れるし、そっちの方が何かあったときに対応しやすい。そのため、颯爽《さっそう》と駆ける馬と自力で並走することになった。

ちなみに、全員分の馬が用意できたわけではないので、残りの従業員たちは後からゆっくり歩いて村へ向かうことになった。結界が破壊されたとはいえ、現時点ではまだ大量の魔物が観測されたわけではないし、忍者の分身が護衛につくらしいから、まあ問題はないだろう。

数十分平原を走り続けて、ようやく村に着くと、忍者が「それでは、拙者はこれにて」と言い残してぽふんと音を立てて消滅。入れ代わるように、村人たちが出てきて俺たちを出迎えてくれた。

「あ、もしかしてあれって、王様じゃない？」

「ほんとだ、王様だ！　おーい、王様ー！」

「見て、隣にいるのは魔術師長様よ！　この村に来てくれるなんて、私たちは運がいいわ！」

村人たちは、王や魔術師長に視線を向けてささやきあっている。

どうやら王様は、この世界の人には顔が知られていて、しかも結構いい印象を持たれているらしい。

村に足を踏み入れると、あの小さなメイドが立っていた。彼女も忍者に導かれて、この村に避難してきたのだろう。おそらく、錬金術師もここにいるに違いない。

俺たちに気づいたメイドが走り寄ってきた。

「王様、赤髪の勇者様、魔術師長様！　お待ちしておりました！　お部屋を用意しておりますので、こちらへどうぞ！」

「ふむ、大儀《たいぎ》である！　早速案内するがよい」

王様が偉そうに言うと、メイドは嬉しそうに頭を下げてから歩き出した。

メイドについていきながら村の中を観察すると、多くの人々が忙しそうに作業をしているのだが、その中には勇者らしき恰好《かっこう》をした人の姿もあった。

彼らは、村人たちと協力しながら、柵の増強《ぞうきょう》や、塹壕《ざんごう》の構築を手伝っている。

魔物と戦わずに村で土木作業をしているぐらいだから、戦闘能力はあまり期待できないのかもしれないが、勇者がいるというのは、それだけで村人たちにとっては心強いことだろう。

ギフトを持つ勇者の作った建物は、普通のものよりは強固《きょうこ》になるだろうから、この村を守る俺の立場としても、嬉しいしな。

そんな様子を見つつ歩いていると、村の外れの建物の前でメイドが立ち止まった。どうやら目の前にあるこれが、新しい王宮として用意された建物らしい。

すぐに中に入るのかと思いきや、王様と魔術師長は何やら話しはじめた。そしてそれが終わると、王様は俺に言う。

「赤髪の勇者、我々は先に、村へのあいさつ回りに向かうのだが……お主もついてくるか？」

「いや、俺はやめておく。どうやら俺の知名度は、このあたりではまだまだのようだし、虎《とら》の威《い》を借る狐にはなりたくないからな」

王様についていけば、勇者としていろいろな人に紹介してもらえたかもしれないが、俺はそこまでして目立ちたいわけでもないからな。

答えを聞いた王様と魔術師長は、俺の言い分を理解してくれたのか、特に文句は言わずに建物とは逆方向の、村の中心の方へと歩いていった。メイドはついていかずに、ここに残っていた。王様に何か言われていたみたいだが、どうやら俺をここに入れてくれるようだ。

「王様、魔術師長様、お気をつけてください……それでは、赤髪の勇者様は中へどうぞ！」

「ああ、そうだな。俺は一足先に、この中で休ませてもらうことにしよう」

二人を見送ってから、メイドは小さな体で大きなドアを開けて、俺を中へと案内した。

建物の中は、さすがは王宮の代わりとして用意されただけあって、綺麗《きれい》に整えられていて、広さもそこそこあるようだ。

石造《いしづく》りではなく木造の平屋だから、西洋の王宮よりは日本の時代劇に出てくる屋敷の方がイメージに近い。もともとこういう造りなのか、日本人の勇者が造った建物だからこうなったのかは、分からない。

　廊下を進んでいくと、扉の開いた部屋があり、中では錬金術師が座っていた。

「赤髪の……お疲れ様です。状況は忍者から聞いています。それで、王様と魔術師長様は？」

「ああ、二人は、あいさつ回りをしてくるって言ってたぞ……ところで、忍者は今、どこで何をしているんだ？　あいつに聞いておきたいことがあるんだが」

「彼は今、奥の部屋で瞑想《めいそう》をしています。大量の分身を操るときは、本体は動けなくなるそうです」

　なるほど、忍者の分身にも、限界はあるということか。

　俺たちを案内したのも分身だったし、それ以外にも人間界のいたるところに分身を送り込んでいるはずだから、その数は片手で数えきれないぐらいいるだろう。だから、たとえ本人が動けなくとも、たった一人で数人分の働きができると考えれば、かなり便利な能力であることに変わりはない。

　ちなみに錬金術師は、分身の操作《そうさ》で無防備になった忍者を守るために、この場所で見張りを続けているらしい。

　俺もここで、少しの間休ませてもらうことにしよう。

しばらく待っていると、王様と魔術師長が戻ってきて、俺たちの休んでいた部屋の椅子に疲れたように座り込む。

それからさらにもう少ししたら、瞑想《めいそう》を終えた忍者が「待たせたでござる」と言って奥の部屋から出てきて、さっそく状況の報告を始めた。

「今のところ、敵勇者どもの動きは特にないようでござるが、念のために見張りの分身を一つ残してあるでござる。街の人々の避難は順調で、特に問題は起きていないでござるよ！　それと……」

忍者の説明によると、街の人々は大半が周辺の村などに分散して避難をしたという。

この村に新たに来たのは、街の人が三十人ほどと、街で生活していた勇者が十人ほど。それに加えて、魔界から帰ってきた勇者が二十人ほどで、合わせても百に満たない数だった。

だがそれでも、元が三十人くらいの小さな村にこれだけ多くの人を受け入れる準備があるはずもなく、今は急ピッチで村の拡張と防衛施設の構築が行われているらしい。

忍者の報告が完了すると、全員で今後を話し合うことになる。

「ふむ……忍者殿に率直《そっちょく》に聞きたいのだが、敵の戦力はどれほどであったか？」

「正直なところ、今の戦力だけで奪還《だっかん》するのは難しいでござる。お館様がいれば、話は違ったのかもしれぬでござるが……」

「そうか。やはり真の勇者の不在が大きいか」

忍者と王様の会話に出てくる「真の勇者」とは、ＳＳＳレアのギフトを引いた勇者のことのはずだ。

忍者自身もかなりの実力を持っているが、その彼が仕《つか》えるぐらいなのだから、真の勇者もかなり強いのだろう。

俺は、真の勇者が戦っているところを見たことがないからよく分からないが、魔術師長や錬金術師も、どうやら忍者と同じ意見であるらしい。

「では、拙者はこれからお館様のもとへと向かい、事情を伝えたいと思うのでござるが……」

「うむ。だがさすがに、お主一人で魔界まで向かわせるのは心配だな。護衛をつけたほうがいいのではないか？」

「そうでござるな……」

王様が心配しているのは、人間界の結界が消滅した結果、魔界と人間界の境目《さかいめ》が曖昧《あいまい》になり、強力な魔物に遭遇《そうぐう》しやすくなっていることだろう。

人間界の魔物であれば、俺一人でも大丈夫なぐらいなのだが、確かに魔界の魔物は未知数なところがあるからな。

忍者自身は、一人でも問題ないと考えているのかもしれないが、そういうことなら、俺がついていってもいいかな。

そう思って立候補をしようと思ったタイミングで、一人の少年がこの部屋に飛び込んできた。

「話は聞かせてもらったよ！　そういうことなら、僕が適任だよね！」

年齢的には、中学生ぐらい……だろうか。

ここには、王様や魔術師長などの重要人物が集まっている関係で、部外者は建物自体に立ち入りが禁止されていたはずだが……

ということは、この少年が、最後のSレアギフト保持者、吸血鬼なのだろうか。

だが、こんな子供に重要な仕事を任せるわけにもいかないし、おとなしくこの村で待っていてもらうことにしよう。

「待て、忍者と魔界に行く役割は、俺がやる。こんな子供に危険なことをさせるわけにはいかないからな」

「なんだと？　お前は何者だ！　髪が赤いだけの勇者が、吸血鬼である僕に意見するのか？」

「それを言うなら、お前みたいなお子様に、大事な役割が果たせるのか？」

「うるさい、この、赤髪！」

吸血鬼を名乗る子供は、俺の言葉にいちいち反応している。

俺が心配しているのはまさに、こういう精神的な幼さが仇《あだ》にならないかということなのだが……

とはいえ、こうなってしまうと話が進まない。どうしようかと悩んでいたら、魔術師長が俺と吸血鬼の間に割って入ってくれた。

「赤髪様、吸血鬼殿、このままでは平行線でございます。そこで提案なのですが、お二人で試合をして、勝った方が忍者殿についていく。というのは、いかがですかな？」

「そういうことなら、俺は構わない」

「僕も、それでいいよ！　どうせ勝つのは僕だしね」

俺としては、俺が勝てればそれで問題ないし、俺に勝てるぐらいの実力を吸血鬼が持っているのなら、それはそれで構わない。大事なのは、役割を果たせるかどうかということだからな。

俺たち二人が即座に頷《うなず》いたのを見て、魔術師長は椅子から立ち上がった。

「ここで戦うわけにもいかないでしょう。お二人には屋敷の外で戦ってもらいます。すぐに私の部下に準備をさせますので、五分くらいしたら外に来てください。問題ないですな？」

そう言って彼は部屋を出ていった。何かを企むような表情は気になるが、俺たちは特に文句は言わずに従うことにする。

屋敷の外に出ると、すでに俺たちが戦うためのフィールドが用意されていた。

相撲《すもう》の土俵《どひょう》よりも一回りか二回り大きい、土を盛って作られた舞台だ。

舞台のすぐ横では、ローブを被った魔術師たち数人が肩で息をしているから、おそらくこれは彼らの魔術で即席に作られたものだろう。

「お先に！」

吸血鬼は舞台に飛び乗って、二本のナイフを取り出し、俺のことを待ち構える。

俺も舞台脇の階段を使ってゆっくりと上がり、腰のショートソードを抜いて正面に構える。

「二人とも、準備はよろしいですか？」

「いつでもいいぜ！」

「僕も、いつでもいいよ！」

魔術師長は舞台の下から俺たちに声をかけ、二人とも間髪《かんはつ》を容《い》れずに返事をする。

それを聞いて魔術師長は片手を高く上げてから、さっと振り下ろした。

「それでは、始め！」

俺と吸血鬼の決闘が、小さな村の舞台の上で幕を開けた。

魔術師長による開始の合図と同時に、吸血鬼は三メートル以上ある距離を一息に飛び越えてきた。一瞬にして俺の目の前に移動すると、後ろに引いた状態のナイフを前に突き出してくる。

確かにこの速度は脅威《きょうい》だが、直線的な攻撃だから避けるのは難しくない。

体を半回転させて回り込みながら受け流し、逆にこちらから剣で突くようにして攻撃するが、これはナイフで軽くあしらわれる。

どうやら、基礎的な能力値はそこまで差がない。

吸血鬼は攻撃の反動を使って飛び跳ねて、再び俺たちの間には数メートルの距離が開いた。

「今のを防ぐんだ！　すごいね、君……だけど僕は、負ける気はないから！」

「お前も、あの体勢から俺の攻撃をかわすのか。だったらこっちも気を抜けないな」

「君が相手だったら、いろいろ試せそうだ！　だったらこれならどうかな？」

その言葉とともに彼の両目が赤く発光し、輝きに応じるように、彼の魔力も湧《わ》きあがっている。

さっきの言葉は強がりではなさそうだ。

吸血鬼はその場にスッと身を沈め……次の瞬間には俺の目の前から消える。真横から何かが跳ねるような音がした。首を回して視界を動かすと、ほぼ真後ろの位置にナイフを突き出そうとしている吸血鬼の姿をとらえることができた。

回避……は、無理だな。だったら、剣で防御……これも、間に合いそうにない。

だとしたら、肉を切らせて骨を断《た》つ！　体の向きを変えながら、吸血鬼のナイフが直撃しそうな部位に強化のギフトを発動させる。

そして、防御をギフトに任せたことで無理やり生み出した余力で、剣を握りしめて攻撃の準備を行う。

いくら強化をしても、ナイフの攻撃を完全に防げるとは思えない。だが、ダメージを恐れていては、攻撃も防御も中途半端《ちゅうとはんぱ》になってしまう。痛みが来るのを構えつつ、いつでも反撃できるようにと用意をして……数秒が経った。

おかしい。いつまでたっても攻撃が来ない。

もしかしたらこちらの意図に気づいたのかもしれないと思ったが、吸血鬼の様子を見た感じだとそういうわけでもなさそうだ。俺の反撃を恐れたというよりは、自分の攻撃を恐れたような……

「吸血鬼、お前今、攻撃を躊躇《ちゅうちょ》したな？」

「ううっ、そんなことは……」

剣を構え直し、全身に瞬発力強化のギフトを発動させて次の攻撃に備えながら問いかけると、吸血鬼はビクリと肩を震わせた。どうやら図星《ずぼし》らしい。

おそらくだが、こいつは魔物との戦いは何度もしてきたが、対人戦は初めてで人に対してナイフを突きつけることに、ためらいを感じてしまったのだろう。

年齢を考えればむしろ健全《けんぜん》だと思うが、命をかけて戦わなければならないこの世界では、それは致命的《ちめいてき》な弱点になるのだろう。

「お前がどんな態度でも、俺が手を抜くことはないからな。あとから文句を言うなよ？」

「うるさい！　そんなのは、あ、当たり前だ！　お前こそ、さっきのは運がよかっただけだからな！　次があると思うなよ！」

吸血鬼は、さっきと同じように突撃してくるのかと思ったら、今度は違う作戦で来るらしい。

鞄《かばん》から袋を取り出した。そして、それはナイフで切れ込みを入れると、中からぶよぶよとした赤黒い液体が噴き出して、地面には落ちずに宙に浮く。

「なんだ、それは。秘密兵器か？」

「これは奥の手だったんだけど、お前は強いから、出し惜《お》しみをしないことにした！　覚悟しろ！」

吸血鬼は空《から》になった袋を投げ捨てて、宙に浮く液体に手を伸ばし形を自在に変える。

なるほど、吸血鬼だけあって、血液を自在に操る力があるというわけか。

はじめは球体状だったその液体は、少しずつ細長くなっていき、最後には先端《せんたん》が鋭くとがった槍のようになる。

「食らえ！　僕に本気を出させたことを後悔しろ！」

吸血鬼が手を振り下ろすと、槍はそれに連動して、矢のごとくこちらに飛んでくる。

飛んで避けると、鈍《にぶ》い音を立てて槍は地面に突き刺さった。だがすぐさま元の液体になり、吸血鬼の手元に戻ると再びふわふわと浮かぶ。

どうやら、ある程度の範囲であれば、自由自在に動かすことができるらしい。

「さあ、どうするの？　降参《こうさん》するなら今のうちだよ！」

「誰が降参なんてするかよ！　そういうことを言うのは、せめて俺に傷の一つでもつけてからにしな！」

「いいのか？　次は当てるぞ？」

宣言通り、今度は一本の槍ではなく、無数の血液の矢が形成される。

確かに、この数の矢を避けきるのはいろいろと面倒くさそうだ。

だったら……

「身体強化……最大出力……！」

ギフトによる身体強化を体全体に、最大の力を込めて発動させて攻撃に備える。

剣に対して発動させていたギフトを解除して、剣を鞘に収め、自分自身の強度を高めることだけに集中する。

俺が諦《あきら》めずに戦おうとしているのを見て、仕方がないと言いたげな顔をした少年が、高く上げた右腕を振り下ろす。

体を小さく丸め、両腕は顔を守るように交差させる。

細い矢が、腕に、肩に、腰や背中や太ももに、ガツガツと音を立てて次々に命中する。暴風雨《ぼうふうう》の中にいるかのごとく、全身を赤い矢の雨が打ちつける。全身が傷だらけになっていく感覚があるが、強化のギフトのおかげで致命傷《ちめいしょう》にはなっていない。

だから俺は、そのまま前に、吸血鬼に向かって一歩ずつゆっくりと、突き進む！

「なんで避けないんだよ……なんでそれで動けるんだよ！　来るな、来るな……こっちに、来るな！」

吸血鬼の攻撃も、永遠に続くわけではない。

さっきみたいに、一度攻撃に使ったこの液体を回収すれば、半永久的に攻撃を続けられるのかもしれない。だが、どうやらあいつはまだ、攻撃しながら回収できるほどには、この技術を極《きわ》めていないらしい。

俺が目の前にたどり着いたときには、吸血鬼はその場に尻もちをついて、戦意を喪失《そうしつ》していた。

これ以上は……こちらから攻撃する必要もなさそうか。

「どうした？　まだ続けるか？」

腰を抜かしている吸血鬼に問いかけると、小さく首を横に振って、震えるような声で返された。

「参り……ました。僕の負けでいいです」

「そうか、まあ、お前もよく頑張《がんば》ったと思うよ」

吸血鬼が負けを認めた瞬間、魔術師長が「それでは、試合はここまで！　赤髪の勇者様の、勝利である！」と大きな声で宣言をした。

俺は吸血鬼に手を差し出す。吸血鬼は俺の手をしっかりと握って、ゆっくり立ち上がる。自分の必殺のはずの攻撃が凌《しの》がれたことに、まだ納得がいっていないという表情だが、それ以上に何か、聞きたいことがありそうな顔で、俺のことを見つめていた。

「ねえ、赤髪。聞きたいことがあるんだけど……」

「なんだ？」

「赤髪は、なんで僕の攻撃に立ち向かったの？　逃げようとか、避けようとかは、考えなかったの？」

「それは……まあ、そうだな」

実際のところ、避けようと思えば、避けることはできたかもしれない。

だがそれでは、吸血鬼との距離は縮《ちぢ》まらないし、じり貧《ひん》の状態に追い込まれてしまって、俺の勝ち目は薄くなっていただろう。つまり俺の突撃は、無謀に見えたのかもしれないが、最善手《さいぜんしゅ》を選んだだけのつもりだった。

だけどまあ、そんなことを言っても、こいつは納得しないだろう。

だから俺は、事実とは少し違う説明をすることにした。

「逃げ続けるのは俺の性格に合わないし、それにまあ、観客に危険が及ぶかもしれないとは、思ったからな」

「観客……？」

吸血鬼は戦いに集中していて気づいていなかったみたいだが、俺たちが戦っている土俵の周りには、村の人や街の人、作業の手を止めて見に来た勇者たちなど、結構な人混みができていた。

俺たちがまるで握手をしているかのように中央で手を握りながら話しているのを見て、徐々に拍手《はくしゅ》と喝采《かっさい》が起こりはじめる。

「そうだったんだ……僕は全然気づかなかったけど、君はそんなことまで考えてたんだ！」

「まあ、俺も気づいたのは偶然《ぐうぜん》だったんだけどな」

おそらくだが、この観客たちは魔術師長がわざと集めたのだろう。たまたまにしては、数が多すぎる。

街が新たな勇者に占領《せんりょう》され、魔界からも脅威《きょうい》が迫っている中、勇者同士の決闘を見せつけることで、皆を勇気づけようとしたのではないか。

そういう意味で、俺と吸血鬼が握手をして決着がついたのは、理想的な形と言えなくもない。

俺は改めて吸血鬼の手を握りしめ、今度は吸血鬼も周りを意識したのか、背筋《せすじ》を伸ばして手を握り返した。

「赤髪、今回は僕の負け。魔界に行く役目は君に譲《ゆず》ることにするよ。でも、次は勝つから！」

「次があるかは知らないがな。まあ、魔界の方は俺に任せておけ。人間界のことは任せたぞ！」

第三章　人間界戦線

魔界の洞窟にある少し広めの部屋の中で、俺――イッキは真の勇者に武器を振り上げ、飛びかかった。

俺が使っているのは彼から受け取った、空割《ソラワリ》という名の宝剣で、真の勇者が手に持っているのはただの木の枝だった。片手が石化して使えない、そんな老人相手に全力で挑むのだが、真の勇者は俺の攻撃を軽く受け流し、隙《すき》をついて俺の体を打ちつける。

真の勇者の攻撃は、胸当てなど俺の防御力が高い部分を的確に打つのだが、それでも全く痛くないわけではない。

体力の限界ということもあり、殴《なぐ》られた勢いのまま地面に倒れ込むと、真の勇者はあきれたように俺のことを眺めていた。

「違う、それではダメじゃ。体の動きがお主の意識と連動しておらぬ」

「くそっ、まだ駄目か……」

「安心せよ、お主は確実に腕を上げておる。それはお主も感じておるはずじゃ」

忍者たちが人間界に戻ってから毎日、俺と真の勇者はこうして稽古《けいこ》を続けていた。

日の出とともに剣術の基礎を教えられ、昼間は魔物に奇襲を仕掛けてレベルを上げて、夕方にはこうして実戦形式で修行《しゅぎょう》をしている。

ちなみに、聖剣のクールタイムは終わっているから聖化は既に解除されて元の姿に戻っているし、魔剣の方も、残り時間を使い切った上で、クールタイムを解消しておいた。

元の姿に戻った俺を見て、真の勇者は驚いていたが、事前に「この姿はギフトの力によるものだ」と説明しておいたからなのか、あっさりと理解をしてもらえた。

聖化と魔化、両方を同時に発動させてはいないので、以前戦った化物だとは同一視されていない様子だ。

そんなわけで、俺はこうして毎日真の勇者に挑んでいるのだが、今のところ勝つことができない。

最初のうちは、なぜ負けたのかもよく分からない有様だった。

気がついたら手に持っていたはずの剣を弾《はじ》き飛ばされていて、地面にその宝剣が突き刺さる音とともに、ため息交じりに胸当てを木の枝で軽く叩《たた》かれるほどだった。

最近になってようやく、真の勇者の動きを目で追えるようにはなってきたのだが、それは俺があの動きに慣れてきただけかもしれない。また、動きが見えているのに負けるような状態が続いているせいで、最近は自分の成長がほとんど感じられなかった。

さっきの戦いを思い出しつつ、仰向《あおむ》けになって洞窟の天井を見ながら休んでいたら、洞窟の入口の方から人の気配が近づいてきた。

そちらに目を向けると、アカリとシオリと猫が、魔物の偵察から帰ってきたようだった。

「イツキ君、お疲れ！　……また勝てなかったみたいだね」

「お疲れ様です。私たちの方は問題ありませんでした。イツキもどうやらいつも通りらしいですが……」

「アカリとシオリの二人であっという間に敵を片づけたにゃ。お前たち勇者は、本当に強いにゃ」

二人と一匹には、俺がこうして修行をしている間にも、敵の偵察をしながら、群れからはぐれたり、あたりの見回りをしたりしている魔物の討伐を進めてもらっていた。

面倒な仕事を押しつけたとは思うのだが、俺みたいに痛い思いをしているわけではないと考えると、むしろ変わってほしいぐらいだ……

なぜか俺は真の勇者に気に入られたらしい。彼からすると、ＳＳレアのギフトを持つアカリや図書館で仕入れた魔術を使いこなすシオリではなく、洗浄のギフトを持っているだけの俺こそが修行をするのに相応《ふさわ》しいのだとか。

「お主ら、よくぞ戻った。敵の動きはどうであった？」

「状況は相変わらずだね。私たちが邪魔をしても築城の準備は着々と進んでいくよ。それ以外は特に何も起きていないから、報告するようなことはあんまりないかな」

「ふむ……そろそろ、こちらから仕掛けるときなのかもしれぬの」

「そうだね。今あいつらは小さな砦《とりで》を作ろうとしていて、それが完成しちゃうと攻めづらくなるだろうからね」

彼らは少し離れた場所に移動して、作戦会議を始めた。

ここからでも声は聞こえるから、仰向けのまま耳だけ傾けて話を聞くことにした。

とりあえず、今のところ俺から何か話さなきゃいけないことがあるわけでもないし、このままの格好で話を聞いていようかと思っていた。すると、そんな様子を見てあきれた顔をしたシオリが、ゆっくりと俺の方へと近づいてくる。

「イッキ、ほら、水です。いつまでもだらしない格好をしないでください」

「あ、ああ……ありがとう」

体に勢いをつけて起き上がり、シオリから水の入った木製のコップを受け取って、ほどよく冷えた水を一息に飲み干《ほ》した。

この水は、もともと俺がギフトで洗浄しておいたのを袋に入れて保存しておいたものだから、川で汲《く》んだ水にもかかわらず、日本の水道水よりも綺麗《きれい》な水になっている。そういう意味では、後方支援の要員としても俺は大活躍していると思うのだが……まあ、そんなことはどうでもいいか。

もう一杯ほしいと思ってシオリを見ると、彼女は鞄《かばん》から取り出した水袋を手渡してくれる。

あとは自分で注いで、勝手に飲めということらしい。

「それで、イツキ……あなたはどうなのですか？　真の勇者には勝てそうなのですか？」

「いや、正直に言って難しいな。勝てるビジョンが思い浮かばない」

「イツキもかなり強いと思うのですが、そこまで差があるのですか？」

「まあ、そうだな。あの勇者と俺の間には、本当にまだ、大人と子供ぐらいの実力差がある。戦っていても、いまだに底が見えないからな……」

真の勇者の力があれば、今いる魔物の大群《たいぐん》を一人でどうにかすることもできるのではないだろうか。にもかかわらず、俺に厳しい修行をしてくれているのは、今後一人では手が足りなくなったときのことを考えているのかもしれない。それとも、彼にしかわからない考えがあるのか……

「イツキ、あまり深く考えない方がいいかもしれませんよ。それよりも、アカリが呼んでいます。作戦が決まったみたいなので、私たちも向かいましょう」

「そうだな。どちらにせよ俺は強くなりたいし、強くならなきゃいけないとも思うから、真の勇者のことを利用するぐらいの気持ちでいることにしようかな」

とりあえず今は、アカリたちの話し合いに合流することにしよう。

この洞窟にはアリの巣のようにいくつかの部屋があり、通路を伝って別の部屋に入ると、アカリと真の勇者が椅子に腰かけて俺たちを待っていた。猫も話し合いに参加していたのか、テーブルの上に行儀《ぎょうぎ》よく、俺に顔を向けて座っている。

「イツキ、作戦が決まったにゃ！　いよいよ行動開始だにゃ！」

俺たちが部屋に入ると同時に、猫は元気よく俺に話しかけてきた。

ただ、それだけでは何もわからないので、どういう意味なのかを確認するために、アカリに視線を向ける。

「イツキ君、猫さんの言う通り、私たちはこれから、魔物たちに奇襲を仕掛けることになったよ！」

「うむ。ワシらは今から勝負をかけて魔物どもに攻め込む。これ以上やつらを野放しにすると、手遅れになってしまいかねんのじゃ……」

敵が城を建設する速度を考えると、これ以上の猶予《ゆうよ》はないということらしい。

今の俺ではまだ、敵の魔王子に勝てるかどうかは分からないのだが、俺の成長を敵が待ってくれるわけもなく、ついにタイムリミットが来てしまったようだ。

「魔王子はワシがやる。イツキとアカリは敵を釣り出す囮《おとり》の役割を、猫殿とシオリにはワシらの連携《れんけい》をサポートしてほしい。頼めるか？」

「もちろんだ、任せておけ」

当然ではあるが、魔王子を倒す役割は真の勇者に譲ることになった。

真の勇者に関しては、一対一であればどんな敵でも負けるようなことはないだろう。そういう意味で、作戦の成否は、俺たちがいかに魔王子以外の魔物を抑えることができるかにかかってくる。

全員でこくりと頷《うなず》いて、魔物たちが城を建設しようとしている現場へ向かうことにした。

◇

魔物たちが城を建てようとしているところでは、すでにしっかりと固められた土台があって、その上には基礎になりそうな部分がもう組み上げられていた。

確かにこの様子を見る限りだと、明日にでも簡素《かんそ》な城が完成してしまいそうに見える。

城ができ上がり、敵がその中にこもれるようになると、襲撃の成功率はかなり低くなるだろうから、今日中に特攻を仕掛けるという真の勇者たちの考えも理解できなくはない。

日が沈みはじめる時間で、あたりは少しずつ薄暗くなっているのだが、まだ真っ暗というほどの暗さでもない。

襲撃を仕掛けるのなら、日が沈むのを待つのかと思ったら、どうやらそうではなく、本当に今すぐにらしい。

「イツキ君、あいつらは視覚だけじゃなくて、魔力を感知して人や生き物の位置がわかるみたいだから、夜中に仕掛けるのはむしろ逆効果だよ」

「うむ。どの時間でも敵の強さが変わらぬのなら、むしろ明るいうちに攻めた方が、こちらは戦いやすいというものじゃ」

真の勇者とアカリも、実際に魔物を解剖《かいぼう》したわけではないから、魔力を感知する器官を直接目で見たのではない。昼間よりも夜中に工事の進捗が進んでいることや、夜間の工事に松明《たいまつ》などの光源をほとんど用意していないことから、暗闇の中でも自由に行動できると推察《すいさつ》したらしい。

だからといって、昼間に動きが鈍《にぶ》くなるかというとそういうわけでもないそうで、こういう結論になったとのこと。

「それじゃあ俺とアカリは、先に行くか……」

「うん！　魔王子が来たら、真の勇者のおじいさんと交代すればいいんだよね！」

「その通りじゃ。イツキ、そしてアカリよ、任せたぞ」

アカリは腰の剣を抜いて、一足先に魔物の群れの中へと飛び込んでいった。

俺も続いて突き進んでいき、真の勇者から借りているソラワリで小さな鬼に斬りつける。

宝剣の一撃を受けた小鬼は、抵抗もできずに灰になって消滅した。

『二人とも、聞こえますか？　今のところ魔王子は姿を見せていません。引き続き暴れてください！』

俺の耳元から、シオリの声が聞こえてくる。

彼女は今、高台から全体の様子を眺めながら、図書館《ギフト》で調べて使えるようになった通話の魔術で、俺たちに声を届けてくれている。

こちらから返事をすることができない欠点があるのだが、これのおかげで安心して行動できる。何気《なにげ》にシオリが一番重要な役割を担《にな》っているのかもしれない。

俺たちが攻撃を始めて少し経つと、鬼たちの中から「敵襲！」「迎撃《げいげき》！」などの掛け声が聞こえてきた。

どうやら順調にパニックを起こすことができたようだ。

そして、俺の目の前のテントの中からは、その声を聞いたのか、巨大な鬼が姿を現した。

「がっはっは！　これがその敵襲か？　ずいぶんと小さいじゃねえか！」

巨大な鬼のサイズは、全長二メートルから三メートルくらい。見上げなければならないほどの巨体には分厚《ぶあつ》い筋肉がついていて、片手には重たそうな棍棒《こんぼう》を引きずっている。

強敵の出現に気づいた俺は、近くにいたアカリと合流する。

『アカリ、イツキ！　その敵は二人で倒してください！』

シオリの指示を聞いて、俺はアカリと視線を合わせて頷《うなず》き、目の前の敵に意識を集中させる。

「イッキ君！」

「ああ、俺はいつでも行けるぞ！」

小さく声をかけ合うと、アカリが一歩、踏み込んだ。

敵の鬼は巨大な棍棒を無造作に振り回し、アカリを吹き飛ばそうとするのだが、俺はそこに割り込むようにソラワリを叩《たた》きつける。寺の鐘《かね》をついたような派手な音を響かせながらも、俺は何とかその場で踏みとどまって、鬼が持つ棍棒を弾き飛ばすことに成功した。

予想外の反撃にバランスを崩した敵は、もう片方の手を広げて、倒れないようにバランスを取ろうと努力をしていたが……その隙《すき》にさらにアカリが一歩踏み込んで、細い剣を鬼の胸の中心に突き刺した。

攻撃を受けた鬼は、不思議なものを見るような目で自分に突き刺さっている剣を見て……次の瞬間には、ボフンと音を立てて灰になって息絶《いきた》えた。

その場に残ったのは、鬼の持っていた巨大な棍棒と、灰の山だけだった。

「ふう……何とかなったね、イッキ君！」

「ああ、ナイスコンビネーションだ。さて、では次を……」

リーダー格っぽい鬼を倒したからか、周りの鬼は混乱しはじめていた。

これなら他の鬼は無視して、別の大鬼を討伐するべきか。

そう考えていると、小さな羽音が聞こえてきた気がした。同時に、シオリからの通話魔術が再び届く。

『二人とも、敵が来ます、気をつけて！』

羽音の方へと視線を向けると、現れたのは強力なプレッシャーを放つ魔王子だった。

「貴様ら、また現れたな！　今度こそ、息の根を止めてやる！」

背中に生えている翼で空を飛んで現れた魔王子は、それをしまいながら俺たちの目の前に着陸する。左腕は真の勇者に斬られたままだった。

「アカリ、真の勇者が来るまでは俺たちで時間を稼《かせ》ぐぞ！」

「うん！　でも、どうやらその必要はなさそうだよ、イツキ君！」

「その通りじゃ、やつの相手はワシに任せよ。次こそは逃がさずに、確実に止《とど》めを刺してみせる！」

俺が魔王子と対峙していると、気配を殺して潜《ひそ》んでいた真の勇者が背後から現れた。

真の勇者は俺のすぐ横を通り抜けて、俺たちと魔王子の間に割り込む。

敵の魔王子も、俺たちではなく真の勇者を本当の強敵として認めているらしく、俺たちは無視される形となってしまった。

「イツキよ、剣を借りるぞ！」

真の勇者がそう言って、何気《なにげ》ない仕草で片手を横に突き出すと、俺の両手から宝剣が飛び出して、彼の手の中に収まった。

ソラワリは真の主のもとに帰ってきたことで喜んでいるかのように、強く輝いていた。

真の勇者は片手が石化して動かない状態だが、それでも器用に大剣であるソラワリを振り回し、魔王子はそんな激しい攻撃を、的確に防御して受け流している。

お互いに片方の腕が使えないのに、そんなことを微塵《みじん》も感じさせない苛烈《かれつ》な攻防だった。

俺自身がある程度の剣の技術を身につけたからこそ分かるのだが、二人とも、俺なんかとは比べものにならないぐらい強い。

「イツキ君、ほら、行くよ！」

「そうだな……」

真の勇者の戦いは気になるが、俺とアカリは他の鬼を退治して回ることにした。

真の勇者にソラワリを渡して丸腰になった俺は、殺した鬼が使っていた剣を拾い上げる。

魔物たちが使っているのは、品質のいいものとは言えないが、それでも洗浄のギフトを発動させることで汚れや錆《さび》が落ち、新品と同じ輝きを取り戻す。

これなら、とりあえず戦うことぐらいはできそうだ。

俺たちの役割は、真の勇者が戦いに集中できる状態を維持することだ。

たとえ邪魔が入ったとしても、真の勇者が負けるような状況は考えにくいが、返り血を浴びてはならないという縛《しば》りがあるのだ。

他の敵の意識を俺たちに集中させて、可能な限り邪魔が入らないようにしなければならない。

「アカリ、手分けしてやるぞ！　小物は無視して、大型狙いでやれば、やつらは俺たちを無視できなくなるはずだ！」

「了解！　イツキ君も、油断しないでね！」

一度アカリと別れた俺は、剣を振り回して小型の魔物を倒しつつ、全体に指示を出している大型の魔物や強そうな雰囲気《ふんいき》の魔物を中心に襲いかかることにした。

魔物から奪った剣は品質が悪く、俺が全力で何度か振り回すだけで自壊《じかい》してしまうので、そのたびに敵から武器を奪うことになった。

聖剣《ぶき》／魔剣召喚の残り時間は、最大まで回復させているし、魔界でレベル上げをしながら「持続時間延長」と「エクストラタイム」を追加で獲得しているから、三十秒以上は連続で発動できる。

今のところは、聖剣や魔剣を使わなくても敵を倒すことができているが、やはりそう簡単に事は運ばなそうだ。

「我は王子の親衛隊の一人！　覚悟せよ、くせ者め！」

俺の目の前に現れたのは、大きさは人並みだが、明らかに周りの鬼どもとはレベルが違う魔物だった。鬼というよりは人に近い見た目をしていて、武器や装備も明らかにいいものを使っている。

「覚悟するのはお前の方だ！　魔物はすべて、俺の手で葬《ほうむ》ってやる」

とは言ったものの、手加減をして勝てる相手ではない。がたつきがあり切れ味の悪い剣を投げ捨てて、ギフトをいつでも発動できるように両手を空《から》にする。

「馬鹿め！　武器を捨てて投降《とうこう》するつもりか？　我の仲間を散々殺してきたお前が、今更そんなことで許されると思うなよ！」

「許してもらおうなんて、考えていないさ……」

魔王子の親衛隊を名乗るその魔物は、怒りながらも冷静さを失わず、俺に向かって剣を振り下ろし……俺は、その瞬間だけ聖剣を召喚して弾き飛ばす。

一秒にも満たない短い時間で聖剣の召喚を解除した俺は、逆の手に魔剣を召喚して敵を突き刺して引き裂くと、敵の体は一瞬にして消し飛ぶ。

どうやらこの魔物は、他の魔物たちにとって心の支えにもなっていたようだ。そんなやつが一瞬にして倒されたからなのか、敵が次々と戦意を喪失していった。

だが、今はそんなやつらを相手にしている時間はない。

倒したばかりの敵が使っていた剣を拾い上げ、まだ戦おうとしている魔物を探して突撃する。

親衛隊が使っていただけあって、他の剣とは比べものにならないぐらいに切れ味も強度も高く、これならしばらくの間は使うことができそうかな。

　手当たり次第に強敵に挑みかかり、時に聖剣や魔剣の力を使いながら戦い続けていると、同じように戦っていたアカリが近くに来たため、合流して様子を聞くことにした。

「アカリ……どうだ？」

「こっちは順調だよ！　それよりもイツキ君、なんか、前と比べて強くなったよね」

「まあそりゃ、レベルも上がったし、真の勇者に鍛えられてもいるからな」

　その場に立ち止まって背中合わせになった俺とアカリは、正面から飛んでくる矢や魔術の攻撃だけに集中しつつ、息を整える。

　アカリの言う通り、俺は以前と比べたら確実に強くなっているのだと思う。

　それはアカリにも同じことが言えて、戦いの最中に様子を見た限りだと、かなりの強敵を連続で相手にしていたにもかかわらず、傷一つ負っていない。

　……だがそれでも、おそらく今の俺たちでは魔王子に勝つのは難しいし、実力は真の勇者の足元にも及ばない。

「もっと強くならないとな」

「イツキ君は十分強いと思うんだけどね」

　アカリはそう言うが、今の俺では勝てない敵がいる。

　そんな状態では守れないものがあることを知っているからこそ、一体でも多くの敵を倒して、一つでもレベルを上げて、剣術を学んで、少しでも多くの技を身につけて……

ほんの数秒間だったが、アカリと話をすることで緊張がほぐれたし、体力を回復することもできた。

それじゃあ敵の討伐を再開しようか……と思った矢先、耳元にシオリの声が聞こえてきた気がした。

『アカリ、イツキ！　大変です、真の勇者のもとへ急いでください！』

気のせいではなく、シオリの通話魔術が聞こえてきただけだった。

「イツキ君、聞こえた？　シオリちゃんの声だよ！」

「ああ、俺も聞こえている。いったい何が起きたんだ？」

真の勇者が負けたとは思えないが、非常事態にでもなったのだろうか。

この通話魔術は一方的に聞こえるだけなので、質問をしても返事は来ないが、その場で戸惑っている様子を遠くから観察できるからなのか、シオリから追加のメッセージが来た。

『二人とも、急いでください！　場所はわかりますか？　初めに魔王子と遭遇《そうぐう》した場所から離れていません。近くまで行けば分かるはずです！』

「……どうやら、緊急事態のようだな。急いで戻るぞ！」

俺とアカリは、周りの魔物を全て無視して、真の勇者が戦っているはずの場所へと戻ってきた。

そこには、魔物たちが大きな人垣《ひとがき》を作るように群《むら》がっていて、その中央に空《あ》いた大きなスペースには、魔王子と真の勇者の二人だけが立っていた。

いや、魔王子の方は余裕の表情なのだが、真の勇者は胸に手を当てて片膝をついている。

「おい、何があった？　てめえ、何をしやがったんだ！」

真の勇者に声をかけても、返事をする余裕もないほどに苦しそうに荒《あら》く息をしている。

常に泰然自若《たいぜんじじゃく》としていたこの人がこんな状態になるとは、予想もしていなかった。

「何をしただと？　馬鹿め、何もしてないわ！　こっちが何かをする前に、そいつが勝手に自滅《じめつ》したからな！」

「ふざけやがって……」

「ふざけているのはそっちだろうが！　俺の仲間を何百と殺しやがって！　次に死ぬのはお前の番だ！」

悔しいが、今の俺がまともに戦っても、こいつに勝てる気がしない。

敵から奪った剣を投げ捨てて、右手と左手に聖剣と魔剣を召喚する。

聖化の影響で、皮膚と髪の色が変わり、白い羽が生え……

魔化の影響で、黒い角《つの》が生え、爪と牙が鋭く伸びる……

真の勇者はそんな俺を見て「やはりお主があのときの……」と弱った声で呟《つぶや》いた。

この姿を見せるのは、以前殺されかけたとき以来だからな。だが、反応を見た限りだと、うすうす勘《かん》づいてはいたのだろう。

そして、俺の姿が変化していく様子を見ても、魔王子は余裕を残した表情だった。

「ハハハッ！　老人の次は化け物かよ、これで本当に勇者なのか？」

「GRR……笑っていられるのも、今のうちだけだ……」

目の前で敵の魔王子が笑っているのが見える。

視界の隅のカウンターがゆっくりと、一秒ずつ時を刻《きざ》む。

俺の背後で真の勇者が息を呑《の》んだ。アカリが真の勇者に駆け寄って介抱《かいほう》する。シオリもこちらに駆けつけている。

まるで、全てがスローモーションになった世界を俯瞰《ふかん》しているかのように、俺自身を含めた周囲の情報が手に取るように理解できた。

そしてその中心にいる俺の姿は、人とは思えないようなおぞましいものだった。

聖化と魔化が働いたおかげか、まるで重りを外した直後みたいに体が軽くなっていく。

体の変化が完了し、身体になじむまでにかかった時間は三秒。カウントダウンは残り約三十秒。

敵は、俺の変化が終わるのを悠長《ゆうちょう》に待っていたが、ここから先は一秒たりとも時間を無駄にはしない。

「化け物め、準備は終わったか？　そろそろ狩らせてもらうぞ！」

「GRRRR……GRRY！」

両手には聖剣と魔剣が握られている。扱いの難しかったソラワリと違い、こっちの二振りは両腕の延長であるかのようにしっくりくる。

俺の意識は爆発寸前で、以前であれば敵味方関係なく攻撃を仕掛けていたかもしれない。

だが、今の俺は暴走させずに抑え込めている。

だからこの衝動《しょうどう》の方向性を、魔王子へと向けて……解き放つ！

意識の手綱《たづな》が緩《ゆる》められた俺の体は、左手の魔剣を突き出すように、一直線に突き進んだ。

ガギン！

魔剣と魔王子の剣がぶつかり合って火花を散らす。俺の一撃を防いだせいで体勢が崩れた敵に、そのまま魔剣を押し込んでみる。だが、ギリギリと、金属同士がこすれあう音が聞こえるだけで、これ以上斬り込むことは難しそうだ。

魔剣でのごり押しを諦《あきら》めた俺は、聖剣を横薙《よこな》ぎに振るうが、敵は一歩下がってそれを避け、懐《ふところ》から出した手のひらサイズの球体を投げてきた。

嫌な予感がしたのでとっさに身体をひねるが、避けきれずに、空中で弾けた球体から飛び出した液体を、頭からかぶってしまった……

「ハハハ！　馬鹿め、それは俺の血液から精製《せいせい》した、呪いの液体だ！　これでお前も石に……」

「GRRR！」

どうやらこの液体は、真の勇者の腕を石にしたのと同じ力が宿っているらしい。

液体がかかった皮膚の表面が、ぱりぱりと石になって崩れていく。だが、それと同時に洗浄の力が発動しているのか、液体が蒸発するように消滅していき、それ以上被害は広がらなかった。

魔王子は、俺が体についた石を振り払っているのを見て、驚愕《きょうがく》の表情を浮かべていた。

「馬鹿な、俺の呪いが通じない……だと？」

目論見《もくろみ》が外れた敵は、今度こそ油断しないと言いたげに、改めて剣を構えなおした。

さっきまで感じていた、いかに楽に終わらせようかという油断は、今はもう全く感じられず、同等かそれ以上の敵を相手にしているかのごとく、真剣な表情をしている。

どうやらようやく、やつは俺のことを倒すべき敵として認めたようだ。

「GRR……」

さっきの攻防で使われた時間は約五秒。聖剣と魔剣の残り時間を考えれば、あと二十五秒の間に決着をつける必要がある。

だが、間髪を容れずに仕掛けた追撃は的確に防がれて、逆に反撃として出された攻撃を避けるために距離を取らなければならなかった。

そのまま、回り込みながら飛びかかり、魔剣と聖剣を組み合わせていろいろなパターンで攻めかかるのだが、魔王子はその全てを平然と受け流してしまった。

やつが強いことは分かっていたが、ここまでとは……これでは、地力が違いすぎて勝負にすらならない！

「GRRR……」

無呼吸のうちに数十回の攻撃を仕掛け続けて十秒が経った。

「それで終わりか？　だったらこちらからいくぞ！」

そしてそこから、魔王子による怒濤《どとう》の攻撃が始まった。

斬撃《ざんげき》、斬撃、斬撃。

無造作に振るわれているかのような攻撃の全てに、俺の武器を弾き飛ばしてしまいそうなほどの威力が込められている。

魔化と聖化の本能は「勝てないから逃げろ」と叫《さけ》ぶ。

だが、逃げたところで解決はしない。

そもそも逃げ出せる相手だとも思えない。

このままだと、以前真の勇者と戦ったときと同じ結末になる。

いや、むしろそれよりもひどい。俺がここで逃げたら、残されたアカリやシオリ、そして真の勇者は確実に殺されるだろう。

そしてその後、聖剣と魔剣が時間切れになった俺も、確実に殺される。

だから、逃げ出すわけにはいかない！

「GRRRRR……」

思い出せ。真の勇者との訓練を。

あの人の攻撃は、魔王子の攻撃よりも、もっと強かった。

こんな乱撃よりも、はるかに洗練《せんれん》されて、鋭く、重い一撃だった。

そして真の勇者は言っていた。俺が反撃できないのは、俺が弱いからではないと。俺が怖がっているだけなのだ、と。

確かに俺は、いつも自分の安全を第一に考えていたのかもしれない。

ケガをしないように、常に安全圏《けん》から手を出していた。聖化と魔化が引き出した俺の本能は、その性質を強く引き継いでいるようだ。

「おら、おら！　どうした、その程度か？　勇者ってのは、そんなものなのか？」

「GRRR……GRR……うわああああ！」

聖化と魔化は、俺が生き残るための最適解《さいてきかい》を選び取ろうとする。

だがこの状況で、最適解では勝利をつかめない！

ならば俺にできることは何か？　今一度体の支配権を取り戻し、俺自身が聖剣《ぶ》／魔剣《き》を使って戦うことだけだ！

敵の放った攻撃が迫る。

このまま何もしなければ、胴体を引き裂いてしまうような一撃が、俺の左側から迫ってくる。

魔剣を盾にして攻撃を防げと本能が告げる……が、無視をする。この攻撃を防ぐために俺が立ち止まるのでは、いつまでも状況は変わらない。

後ろに下がれと本能が告げる……が、これも無視をする。時間に制限があるのは、敵ではなく俺の方だ。ここで距離を取っても、すぐに詰められて同じ状況になるだけだ。

聖剣で敵の剣を弾けと本能が告げる……無視する！　あの敵は、剣を弾かれたぐらいで体勢を崩さない！　俺の寿命《じゅみょう》が一瞬延びるだけで、それでは何も解決しない！

一瞬のうちに様々な判断を却下《きゃっか》した俺が出した結論は、その場に立ち止まることだった。魔力を左半身に集めて疑似的《ぎじてき》な障壁《しょうへき》を作成する。筋肉を引き締めて、左側からの一撃に全神経を集中させる。

「どうした？　隙《すき》だらけだぞ。まあいい、死ね！」

「……肉を、斬らせて……」

敵は、俺が作り出した隙《すき》を、見逃すようなことはしなかった。

魔力の障壁を軽々と突き破り、左脇腹に軋《きし》むような衝撃が走る。

攻撃を受ける準備をしていたおかげで、体が真《ま》っ二《ぷた》つになるようなことはなかったが、骨の二、三本は折れているかもしれない。だが、それでも敵に、致命的な隙《すき》を生み出すことには成功した！

「骨を……断つ！」

魔剣は投げ捨てて、両手でしっかりと聖剣を握り……振り下ろす！

魔王子は俺の意図に気がついて、慌《あわ》てて剣を引き抜こうとするが、防御に使った魔力でそれをつかむようにすることで、その行動が一瞬だけ遅れる。

そして、一瞬があれば十分だった。

振り下ろされた聖剣が、魔王子の体を縦《たて》に斬り裂いた。

傷口から噴き出した血液が、俺の全身に降りかかる。

本当は、返り血を浴びないように戦いたかったのだが、この相手にそんなことを考えている余裕はなかった。

俺のギフトである自動洗浄が働いて、血液を常に洗い流そうとしているのだが、どうやらこの呪いの原液は、俺の洗浄の力を上回《うわまわ》っているらしい。

まず血を浴びた服が石化していき、その浸食《しんしょく》は当然、体にまで及ぶ。

血を多く浴びていた両手が動かなくなっていき、やがて全身に広がった。

「フハハ、フハハハハ！　ざまあみろ！　さすがに呪いの原液には耐えられないようだな！」

「どうやら、そうみたいだな……だがお前も、まさかそこから復活したりはしないだろ？」

「そうだな……だが、俺の呪いは、俺が死んだところで解除されたりはしないぞ！　残念だったな！」

「残念……か。確かにそうだな。だが、こうしてお前を倒せたのだから、俺にも多少、こんな世界まで来た意味があったことになるだろ？　とりあえず俺は、それで満足かな」

「勇者ってのは、本当によくわからないやつらだな……」

最後にそんな言葉を残して、敵の魔王子は灰になって消滅した。

わかっていたことではあるが、敵が死んだところで俺の石化は止まらない。それどころかむしろ、呪いという言葉にふさわしく、勢いを増して全身へと伝播《でんぱ》していく。

「イツキ君！」

「イツキ！」

アカリとシオリが慌《あわ》てて駆け寄ってきたが、体のほとんどが石化していた俺は振り返ることもできず、かろうじて動く口元だけで、かすかに返事をする。

「アカリ、シオリ……どうやらこれは、もうどうしようもない状態みたいだ。まあ、俺のことは忘れてくれて構わないから、二人は強く生きてくれ……」

「イツキ、諦《あきら》めてはだめです！　必ず、元に戻す方法を見つけ出します！　だから、石になったとしても、死ぬことは許しません！」

「いや、シオリ……その注文は、無茶だろ。だけどまあ、やれる範囲で頑張《がんば》ってみるよ……」

真の勇者は、片手が石化された状態でも、ある程度問題なく生活できていた。

ということは、俺の全身が石化したとしても、死なない可能性があるということか。

「イツキ君……」

アカリは、泣きそうな顔で神霊術のギフトを使い、石化を食い止めようとしている。だが、無情にも俺の体の石化はどんどん進行していった。

彼女自身、無駄なこととは分かっていても、とにかく試さなければ気が済まないのだろう。

「アカリ、すまないな。お前を守ってやれなくて……」

全身が石化する直前、最後の力を振り絞《しぼ》って出てきたのは、アカリに対する懺悔《ざんげ》のような言葉だった。

アカリはその言葉を聞いて「イツキ君は、仕方ないなあ」とでも言いたそうな困った笑みを浮かべて一言、告げた。

「何言ってるの、イツキ君。私が、お前を守るんだよ！」

……そうか、そうだったな。

俺のギフトは最低ランクで、アカリのギフトはSSレアだもんな。

じゃあ俺は、後のことはアカリに任せて、しばらく休むことにするか……

◇

「イツキ君。私が、お前を守るんだよ！」

私がそう告げると、イツキ君はどこか安心した表情で石になってしまった。

数秒経つと、聖剣／魔剣《二振りの剣》は消えたけど、羽や角が消えることはなかった。

イツキ君の返事は聞けなかったけど、この声はきっと届いたと思う。だって、全身が石になって動かないはずなのに、穏《おだ》やかな表情をしているから。

魔王子をイツキ君が倒したことで、他の魔物は蜘蛛《くも》の子を散らすように逃げ出していった。

この場には、私とシオリちゃんと真の勇者のおじいさんと……イツキ君の石像だけが残された。

「イツキよ……お主が次の勇者になるはずだったのに、先に死んでどうするのじゃ……」

石になったイツキ君を見て呆然《ぼうぜん》としていると、真の勇者の諦《あきら》めたような声が聞こえてきた。

「おじいさん、イツキ君はまだ死んでないよ！　石になって、動かなくなっているだけだよ！」

「そうです！　私たちがイツキを元に戻す方法を探すんです。真の勇者であるあなたが、気軽に死んだなどと言わないでください！」

「ワシも、そうであればと思っている。じゃが、片手が石化しているワシだからこそなんとなくわかるのじゃが、おそらくこれを元に戻す方法は存在せぬ」

真の勇者は、石化したままの左手を眺めて、深いため息をついた。

確かに、気持ちはわかるよ。私も、ギフトを使っていろいろなことを試したし、シオリちゃんも、図書館で元に戻す方法を探したけど、いまだにその手がかりすら見つからないから……

でも、たとえ何年かかってでも、イッキ君を元に戻すのを諦《あきら》めるつもりはない。

それは、魔王を倒すためとかそういう理由じゃなくて、イッキ君との約束だから！

「二人とも、とりあえずイッキを安全な場所まで運びませんか？」

「そうだね、イッキ君をこんな野ざらしにしておくわけにはいかないからね」

私がシオリちゃんに賛成すると、真の勇者も「そうじゃな」と言って頷《うなず》いた。元に戻せる自信がなくても、魔王子を倒した英雄を、放置するのは気が引けたのかもしれないね。

「よいっ……しょ！」

イッキ君の石像を持ち上げると、ずっしりと重く、硬かった。

この重さと硬さが、イッキ君が石になってしまったという事実を物語っている。

レベルが上がって強くなった私は、ギフトの力を使うまでもなく軽々と持ち上げることができる。

本当はこの力を使ってイツキ君を守りたかったんだけど、それでもイツキ君に戦わせてしまったのは、彼ならなんとかできると過信《かしん》しちゃったからだと思う。

あとは、私自身が弱くて、イツキ君の力に頼っちゃったから……

私がイツキ君を運び込んだのは、人間界と魔界をつなぐ洞窟の奥、巨大な扉の内側にある、枝分かれした細道の一つ。その行き止まりだった。

魔物が攻めてきたときのために洞窟を探検していたところ、たまたま見つけた場所だったんだけど、こんなことで役に立つとはね。

「とりあえず、このあたりでいいかな？」

「そうですね、ここなら雨風も防げますし、魔物も近づいてこないでしょう」

魔王子はイツキ君が倒したけれど、魔物を全滅させたわけじゃないからね。できるだけ安全な場所に隠しておかなくちゃ。

イツキ君を洞窟の奥深くに隠した私たちは、外で見張りをしていた真の勇者に合流した。

「イツキ君は、隠してきたよ。それで、私たちはどうするの？」

「そうじゃな……イツキが死んだ以上、もはやワシらに勝ち目はないのかもしれぬ」

「イツキ君は、死んでいないよ！　たとえ何年かけてでも、私たちが元に戻すから！」

「じゃが、ワシにはその『何年』という時間が残されておらんのじゃ。だから、イツキには勇者になってほしかったのじゃが……」

私たちが諦《あきら》めないと伝えても、真の勇者は気持ちを変えないみたいだった。

まるで何か、隠し事をしているみたいに……

「ねえ、なんでイツキ君だったの？　それに、時間がないって？」

「そもそも……ワシの命はもう長くない」

「え？」

突然の話に、思わず声が漏れたけど、真の勇者はそんなの気にもせずに話を続けた。

「前の世界にいた頃から死期が近いとは感じていたのじゃが、この世界に来て勇者になってより明確に理解したのじゃ。本来ワシの命は、この世界に来た直後に失われる程度にしか残っていなかった。今、ワシの命をつないでおるのは、勇者のギフトだったのじゃ……しかしそれも、もう長くは保たぬ」

そう言って真の勇者はステータスカードを取り出して、カード上にステータスを表示させた。

杖突宏介
年齢：88
レベル：41

ギフト1：勇者
こうげき：740
ぼうぎょ：820
すばやさ：770
まほう：80
スキル1：託宣《たくせん》
スキル2：継承《けいしょう》

「スキルが、託宣と、継承？」

勇者のステータスカードに書かれていたのは、わかりきっていた「勇者」という名前のギフトと、『こうげき』や『ぼうぎょ』などの見慣れないステータス。

ステータスカードの内容が人によって違うのは、私やシオリちゃん、そしてイツキ君のカードを比べたことがあるから知っていた。真の勇者のそれも、私たちのとは全く違う表示がされている。

そして、スキルの欄《らん》には「託宣」と「継承」の二つが書いてある。

「託宣のスキルは、勇者としての試練を知るギフトじゃ。神の声を聞くことができるというのが、近いかもしれぬ。ワシに与えられた最初の託宣は、ワシの死期を伝えるものであったのじゃ……」

　はじめは半信半疑だった彼も、託宣を無視した結果、魔王が攻めてきて村が一つ滅んだのを見て、考えを改めることにした。それ以来、『継承』で勇者のギフトを継がせる者を鍛えるために、活動することにしたみたい。

　他にも、例えば洞窟の悪魔の存在や、洞窟が魔界に繋がっていることを知っていたのも、すべて託宣によって告げられた情報だったらしい。

「でも、だとしたらなおのこと、なんでイツキ君が選ばれたの？　普通に考えたら忍者君とか、吸血鬼君の方が……」

「そうです！　なぜ、よりにもよって最低ランクのギフトを持っているイツキを選んだのですか！」

「ハルトには、一度提案したのじゃ。じゃがやつは、『拙者はお館様を支える存在に過ぎぬでござる』と言って聞かなかった。そしてヒガサは、まだあまりにも幼い。勇者という責務を無責任に与えるわけにはいかぬのじゃ」

　確かに、忍者君ならそんなことを言いそうだし、あの吸血鬼の子に勇者なんて重責《じゅうせき》を与えるのはきついのかもしれないけど……でもそれは、イツキ君を選んだ理由にはならない。

そう反論する前に、真の勇者が話し出した。

「勇者を継ぐのに最もふさわしいものは誰なのかと考えた。おそらくこれは、力の強さは関係ない。なぜなら、勇者のギフト自体が強力な力になるし、ワシが鍛えれば多少はどうにでもなるからの。それでは何が必要なのか……考えておったら、ワシの目の前にイツキという男が現れた。やつは、最も弱いギフトを選びながら、だれよりも強く戦っていた。まさしく、勇者にふさわしい『勇気』を持っているように、見えたのじゃ」

実際にはイツキ君は、最弱のギフトとされている洗浄だけでなくて、聖剣と魔剣を召喚するギフトも持っていた。でも真の勇者は、その力も勇者にふさわしい力とポジティブにとらえて、「勇者にふさわしいのはこの者しかいない！」っていう気持ちになっちゃってた。だから、イツキ君が石になっただけで絶望《ぜつぼう》しちゃっているみたいだね。

「わかったよ、真の勇者のおじいちゃんが諦《あきら》めるなら、それでいいよ。でも私たちは諦《あきら》めないから！」

「アカリの言う通りです。私たちは、イツキを元に戻します。でもそれは、イツキを勇者にするなどという目的のためではありません！　イツキの石化を解いて、またイツキとアカリと私の三人で、一緒に旅や冒険をするためです！」

◇

イツキ君が石化してから、三日が経った。

この大陸に来ていた魔物の半分以上は、魔王子が倒されたことで海の向こうにある彼らの魔界へと戻っていった。残った魔物も私とシオリちゃんで協力して倒したから、もう危険な魔物はほとんどいない状態だった。

魔界の見回りを終えて洞窟に戻ってくると、真の勇者のおじいさんは岩の上で瞑想《めいそう》をしていて、シオリちゃんは椅子に座って本を読んでいた。

本のタイトルを見ると、日本語の古めかしいフォントで「解呪法（入門）」って書いてあるから、イツキ君を元に戻す方法を調べているんだと思う。

「シオリちゃん、戻ったよ！」

「アカリ、お帰りなさい。今、紅茶を淹《い》れますね！」

戻ってきた私が椅子に腰かけると、シオリちゃんはお菓子とティーセットを鞄《かばん》から取り出し、水筒から出した水をポットに入れて、魔術を使って温めた後、茶葉を入れて紅茶を用意してくれた。

クッキーを一ついただいてから、紅茶を飲むと、疲れが一気に抜けていく。

シオリちゃんは、ギフトが魔術師というわけでもないから、これぐらいの魔術なら私でも勉強すれば使えるようになるかもしれない。でも私の場合は、精霊を召喚したほうが早いし、楽だからね。

なんて、そんなふうに考えちゃうから駄目なのかも。

今度シオリちゃんに、初心者向けの本を紹介してもらおうかな。

「アカリ、外の様子はどうでしたか？」

「とりあえず見回りしてきたけど、かなり平和な感じだよ。むしろ静かすぎて不安になるぐらい」

「そうですか。魔物どもは、侵略を諦《あきら》めたのでしょうか」

「さあ、どうだろ。魔王子が倒されたから一度撤退しただけで、すぐに次が来るような気もするんだけど」

イツキ君が倒したのは、魔王子っていう結構重要な人物だったみたいだから、敵が混乱するのはわかるんだけど、それにしても静かすぎる気がしている。

敵の方にも事情があるだろうし、もしかしたら攻め込むための準備をしているのかもしれない。

でも、ここまで静かだと、私たちの知らないところでもっと大変な事態が起きている気になって、逆に不安になるんだよね。

「ところでシオリちゃん、イツキ君の石化はどう？　元に戻せそうなめどは立った？」

「そうですね……いろいろな本を読みあさっているのですが、今のところはこれといった情報はありません」

「その本は？　解呪法ってことは、呪いを解く方法が書いてあるんでしょ？」

「そう思って取り出してみたのですが、ここに書いてあるのは人間界で発明された呪いの解き方ばかりで、魔物による石化の呪いについては今のところ見当たりません……」

「私も手伝おうか？　手伝えるのかどうかはわからないけど」

「そういうことなら、アカリも入館者に設定しますね……はい。これでアカリも、図書館の中に入れるようになったはずですよ！」

シオリちゃんのそばには大きな扉がある。

この扉こそ、シオリちゃんのギフトである図書館に通じる扉で、この扉はシオリちゃんに認められた人にしか見えないし、通ることもできない不思議な力を持っている。

扉を開けたシオリちゃんに続いて中に入ると、古い本の独特なにおいが漂い、無数の本が陳列《ちんれつ》された本棚《ほんだな》が、ずらりと円形に並んでいた。

高い天井のギリギリまで、壁が本棚に覆われているのを見て感動し、少しずつ視線を下げていくと……一階部分の部屋の片隅《かたすみ》に魔法陣が描かれていて、その上には一つの石像があった。

「って、イツキ君？　なんでこんなところに？」

「ああ、そうでした。解呪の術式を試そうと思って、中に運んだままにしていたのでした」

イツキ君の周りには、呪いや、魔術の解除に関する本がいくつも散らかっていて、いろいろなことを試した形跡《けいせき》が残っている。

試しに、積み上げられている本の中から一冊取り出してパラパラと中を見てみるけれど、書いてある単語の意味が難しすぎてわけが分からない……。シオリちゃんは、こんな本を読んで、しかも実践《じっせん》に移せるんだね。

「このあたりには、『呪い』とか『解除』とかで検索した結果の本がまとめてありますよ。他に欲しい本があったら、私が検索しますので、いつでも言ってくださいね！」

「そう……だね。とりあえず今日のところはいいかな。また今度、初心者におすすめの本を読ませてほしいな」

「分かりました、扉は開けておきますので、いつでも使ってくださいね！　帰るときは、この扉を開ければ出られます。中に人がいる限り、扉が消えることはないので安心していいですよ」

シオリちゃんの図書館から外に出ると、ついさっきまでいた洞窟に戻ってきた。

シオリちゃんの言っていたとおり、扉は消えずにそこに残っている。

今度時間があるときにでも、調べに行かせてもらおうかな。

洞窟の中に戻ってくると、さっきまで岩の上で瞑想《めいそう》をしていたはずの真の勇者が、突然岩から飛び降りて、私たちの方へと走り寄ってきた。

「お主ら、戻ったか……」

「真の勇者のおじいさん？　急にどうしたの？」

「お主ら、気をつけよ。洞窟の中で、何者かがここに向かって移動しているようなのじゃ」

「何者か……？　私には何も感じませんが、アカリは？」

シオリちゃんは、洞窟の奥に意識を向けても何も感じないみたい。私も同じように神霊術の身体強化を使って全力で集中してみると……確かに強い気配が近づいてきているのが分かる。

「これは、魔物じゃなくて人間？　一人……ううん、二人組？」

「その通りじゃ。一人はおそらくハルトじゃが、もう一人はヒガサではない。誰じゃ、こいつは」

私には、気配の正体が誰かまでは分からなかったけど、真の勇者によると片方は忍者君らしい。

数秒間待つと、やがて目視《もくし》できる距離まで近づいてきた。見えたのは、忍者君と……あれは。

「シオリちゃん、あれ、赤い髪のあの人じゃない？」

「暗くてよく見えませんが……どこかで見たような……」

「あの赤髪、お主らの知り合いか？」

「……たぶん？」

走ってきている彼らも、ここにいる私たちに気がついたみたいで、私たちの方を指さしながら、一直線に向かってきた。

先に到着した忍者君は、私とシオリちゃんのことは無視して、真の勇者のすぐ近くで平伏した。

「お館様、大変でござる！　急ぎ人間界へお戻りください！」

「それはいいのじゃが、そちらの者は何者じゃ？」

「そうでござった。お館様、こちらは赤髪の勇者、ユータ殿でござる。お館様の言っていた、次代の勇者にふさわしい者でござる！」

「あんたが、うわさの真の勇者ってやつか。俺は、ユータ。俺のことは、赤髪の勇者と呼んでくれ。そっちの二人は確かアカリさんと、シオリさん……だったか？　二人も、改めてよろしくな！」

忍者君について来たのは、見覚えのある、赤い髪の勇者で間違いなかった。

私からしたら、私のことを利用しようとして、いろいろ画策《かくさく》していたせこい人っていう印象しかない。でもそのとき彼が勇者を集めてくれたおかげで、イツキ君とシオリちゃんが出会って、結果として私とシオリちゃんも友達になれたわけだから、そこは感謝してもいいかな。

それに、以前と比べて雰囲気《ふんいき》が変わっている。ていうか、いかにも勇者らしくなったように感じる。

「私はアカリ。私のことは知ってるよね、ＳＳレアの勇者だよ。それで、こっちはシオリちゃん」

「シオリです。よく私の名前まで知ってましたね」

「君も、俺の招集《しょうしゅう》に応じてくれた勇者の一人だろ？　そのとき一応、全員の顔と名前は覚えたからな」

「そうでしたか、それはご苦労なことです」

あのときは、確か集まった勇者は二十人ぐらいだったかな。覚えられない数ではないけれど、簡単に覚えられる数でもないから、もしかしたら彼なりに、リーダーとしての自覚があったのかもね。

「アカリ、この人って確か……」

「うん。この人も勇者だよ。ほら、苔団子をみんなで倒しにいくときに仕切ってた……」

「ですよね。話したこともありませんでしたが、見覚えはあります」

私とイツキ君は、彼ともいろいろやり取りがあったけど、シオリちゃんは招集に応じただけの一人の勇者でしかないから、直接話したことはないんだね。

「ところで、アカリさん。確か、あなたは皿洗い……イツキさんと一緒に行動していなかったか？　それとも結局、彼のことは見捨てて、別の仲間を集めることにしたのか？」

「失礼な！　アカリはイツキを見捨てたりしません！」

「いいよ、シオリちゃん。この場にイツキ君がいない以上、誤解されても仕方がないよ……」

この赤髪の勇者とは、イツキ君関連で言い争いになったんだよね。私がイツキ君のことをえこひいきするのは不公平とか、そんな感じで。

確かにこの場にイツキ君はいないから、普通に考えたら私が彼を見限って、他のメンバーと魔界に来たって考えても不自然ではないよね。

私たちも、忍者君に聞きたいことがたくさんあるし、忍者君たちもいろいろと聞きたいことがありそうだったから、私たちは一度、お互いの情報を交換し合うことにした。

まずは私たちの方からは真の勇者が、すでに敵の魔王子は討伐済みであること、そして、魔界の魔物もほとんど見られなくなったことを説明した。

「敵の親玉は、すでに討伐済みでござったか！　……さすがはお館様でござる」

「いや、やつを倒したのはワシではない、イツキじゃよ。あやつは、ワシの代わりに魔王子を倒し、ワシの代わりに呪いを受けてしまったのじゃ」

「なんと、イツキ殿が……」

忍者君も、イツキ君とは話をしたことがあったから、ショックを受けているのかな。あるいは、イツキ君がそこまで強いとも思っていなかったから、純粋《じゅんすい》にその話を聞いて驚いているっていうのもあるかも。

「それよりも、人間界の話じゃ。お主が戻ってきたということは、何か問題が起きたのか？」

「そうでござった！　お館様、人間界は今、魔界以上の大混乱に陥《おちい》っているでござる！」

忍者君の説明は、私たちの想像を遥《はる》かに超えるようなものだった。

まず、私たちが魔界に行っている間に、王宮の人たちが新たなる勇者の召喚を行《おこな》って、しかもその勇者たちに王宮を支配され、国の王様や魔術師長なんかは、近くの村に避難したみたい。

しかも、そのときの勇者召喚で結界が消滅して、人間界は今、ほとんど無防備な状態になっているって……

「それって忍者君、もしかして敵がここに攻めてこないのって……」

「結界が消滅したことで、ここを拠点にする理由がなくなったのだと思われるでござる」

「そっか……じゃあ、イツキ君が戦う意味は、何かあったのかな……」

「それは、敵の侵攻を遅らせることには繋がったと思うでござるが……」

忍者君は「イツキ殿の犠牲《ぎせい》は、決して無駄ではないでござる」って言っているけど、本当にそう思っているのかはわからない。彼は、イツキ君の話はそこまでにして、真の勇者に別の話をしはじめた。

「それで、お館様。この者、赤髪の勇者殿はいかがでござるか？　魔王に直面しても諦《あきら》めずに立ち向かう勇気、人間界で『赤髪の勇者』として慕《した》われる人望、強力な敵と渡り合えるだけの戦闘力。条件は満たしていると思うでござるが」

忍者君が赤髪の勇者を指さしながら真の勇者に告げると、赤髪の勇者はよく分かっていないような顔で「俺がどうかしたのか？」と言っている。真の勇者は「試してみる価値はあるかの……」と、赤髪の勇者に話しかけた。

「赤髪の……ユータと言ったか。お主に、この武器を授けたいと思うのじゃが……受け取ってくれるか？」

「これは？」

「剣の名はソラワリ。勇者にふさわしい者が持つべき剣じゃ。お主にこの剣を託したいと思う。見事使いこなしてみせよ」

真の勇者が赤髪の勇者に渡したのは、イツキ君が使うはずだった伝説の剣、ソラワリだった。

この剣が赤髪の勇者の手に移った瞬間、イツキ君は勇者になる資格を失ったことになる。

だけどきっと、イツキ君には勇者なんて似合わない。だからきっと、これでよかったんだよね。

赤髪の勇者は、真の勇者から受け取った伝説の宝剣を一瞥《いちべつ》すると、鞘に収めて背中に担《かつ》ぎ、「ジイさんはこれを使いな」と言って、元々持っていた剣を真の勇者に手渡した。

確か、赤髪の勇者はAランクのギフトを持っていたはずだから、王宮から支給された武器も、結構な高級品のはず。その剣を受け取った真の勇者は、鞘から抜いて刀身《とうしん》を確認すると、「ふむ」と一言だけ呟《つぶや》いて、今まで宝剣を身につけていたのと同じように背中に担《かつ》ぎ直した。

「それで、これからのことじゃが……」

真の勇者は、相変わらず疲れた感じだけど、それでも赤髪の勇者が勇者を引き継いでくれると分かったからなのか、多少元気を取り戻した調子で、私たちに向かって話しはじめた。

「この土地を守る理由は、どうやらすでになくなったようじゃ。となるとワシらは、人間界に引き返すべきなのじゃろうな」

「左様でござる。今はまだ戦力が拮抗《きっこう》しているでござるが、敵軍がいつ攻めてくるかもわからぬ状況でござる。状況を打開《だかい》するには、お館様の力が必要でござる！」

「とはいえ、ワシにはもうそんな力は……これからの時代はおそらく、ワシではなく赤髪の勇者こそが真の勇者として……」

「そういうことなら、俺に任せときな！　今の俺では力不足かもしれないが、俺はまだまだ強くなる。この俺が、全てなんとかしてやるぜ」

「そうじゃな。お主には、イッキに伝えきれなかった極意《ごくい》を余すことなく継承してやろう。ワシの余命の全てを費やしてでも……」

本格的に赤髪の勇者がイッキ君の代わりになろうとしているのを見ると、まるでイッキ君が必要ないと言われているみたいで複雑《ふくざつ》な気持ちになる。でも同時に、イッキ君が余計なしがらみから解放されたことに安心感も覚えている。

やっぱりイッキ君は、勇者とか使命とか、そういう言葉は似合わない気がするんだよね。

なんていうか、もっと自由に、世界を楽しんで生きている感じ。

隣で黙って話を聞いているシオリちゃんがどう考えているのか心は読めないけど、もしかしたら似たようなことを考えているのかもしれない。

「と、いうわけじゃ。アカリ、シオリよ。ワシらはこれより人間界へと向かう。お主らはどうする？」

真の勇者に聞かれて、とっさに私は答えることができなかった。私も人間界に行って、お世話になった街の人や村の人を守りたいって気持ちはあるんだけど、同時にこれ以上冒険をすることへの恐怖みたいなものもある。

魔界《ここ》でのんびり暮らしていれば、きっと平穏《へいおん》な日常を送ることはできるんだろうけど……

「ところでシオリ殿、石化したイッキ殿のことでござるが、図書館に入れたまま運ぶことは可能なのでござるか？」

「いえ、図書館は中に人がいる状態では、扉を消すことも移動することもできません」

「左様でござるか……お館様、やはりお二人にはこの場に残ってもらうのがよいでござらぬか？　地上はすでに、魔界の魔物があふれはじめていて、石化したイッキ殿を守りながら人間界に向かうのはかなり危険でござる……」

　忍者君がそういった瞬間に、私はほっとしたように息を吐《は》き出した。

「忍者はこう言ってますが、アカリはどう思いますか？」

「シオリちゃん、やっぱりイッキ君を一人にはできないし、忍者君の言うとおり、イッキ君を運んで戻るのも大変そうだし……」

「でしたら、イッキのことはアカリに任せますね。私は人間界に戻ります」

　シオリちゃんも、私と同じことを考えていると思っていたら、どうやらそうではなかったみたい。図書館の扉を開けてイッキ君の石像を取り出すと地面に置き、決意のこもった瞳で私の目をしっかりと見つめてくる。

「シオリちゃんは、人間界に行くの？」

「ええ。私たちの帰る場所を取り戻し、守る必要がありますから」

「帰る場所？　そんなものなくても、私たちは生きていけるよ、きっと！」

「ですがやはり、人は人の世界でしか生きられないと思うんです。イッキもきっと、そう考えるはずです。イツキが目を覚ましたとき、人間界が滅びていたと知ったらきっと……」

シオリちゃんに言われたことを想像してみると、イツキ君が後悔している様子がありありと浮かんでくる。イツキ君は何も悪くないのに。だけど、きっとそんなことにまで責任を感じちゃって、その後魔王か敵の勇者のもとに自暴自棄になって突撃しそう……

「だったら、人間界には私が行くよ。シオリちゃんはここでイツキ君を守っていて」

「いえ、アカリはここでイツキを守っていてください。人間界には、私が行きます」

「きっとイツキ君は、私よりもシオリちゃんに守ってもらった方が安心できるよ。それに、イツキ君を元に戻す方法が分かるとしたら、私じゃなくてシオリちゃんの方だし……」

「いいえ、私が図書館で調べ続けているのは、悪あがきのようなものです。このまま続けても、おそらく無駄に終わるでしょう。それに、安心という意味でしたら、私よりもアカリの方がふさわしいです！」

シオリちゃんは一歩も引く様子がないけれど、私としても譲るつもりはない。なんていうか、よく考えたら、みんなが頑張《がんば》っているのをここでじっと待っているだけっていうのは耐えられない気がするから。

かといって、イツキ君を一人でこの場に放置していくわけにもいかないし。それにきっとイツキ君は、私なんかよりもシオリちゃんみたいなおしとやかな子の方が、お似合いだと思うんだよね……

「私が人間界に……」

「いえ、私が……」

「ああもう、らちが明かないにゃ！　イツキのことは、私たちが見張ってるから、二人でどこへでも行くといいにゃ！」

いい加減、喧嘩《けんか》をしてでも決着をつけようかと思っていたところに割り込んできたのは猫ちゃんだった。

「猫ちゃん？　でも、猫ちゃんたちだけで大丈夫？」

「こう見えて私は、そこまで弱くないにゃ！　それに、この洞窟の中は複雑に入り組んでいるみたいだから、どこにでも隠れられるのにゃ。お前たちが戻ってきたら、声を上げてくれれば私たちの仲間が案内してやるから、安心するといいにゃ！」

確かに、この洞窟にイツキ君を隠しておけば誰にも見つからないだろうし、猫ちゃんたちが守ってくれるっていうなら安心もできるかもしれない。

「そういうことなら……シオリちゃんはどう思う？」

「分かりました、猫さん。あなたたちにイツキを託します。苔《こけ》やカビが生えたりしないように、ちゃんと管理してくださいね」

「任せるにゃ！」

猫ちゃんは、早速「にゃーお」と鳴き声を上げると、待機をしていた猫が何匹か洞窟の中に飛び込んできて、彼の指示のもと、イツキ君がさらに洞窟の奥へと運ばれていった。

「話はついたでござるか？」

「うん。私たち二人も、人間界に同行するよ！」

「よかろう。それでは出発するのじゃ。ハルトよ、案内を頼むぞ」

私とシオリちゃん、真の勇者のおじいさんと赤髪の勇者は、忍者君の案内に従って、人間界に向かうために、洞窟から外に出ることにした。

私たちに見せたいものがあるということで、洞窟ではなく地上を走って帰ることにするみたい。

イツキ君のことは心配だけど、猫ちゃんたちに任せた以上、私たちは私たちの使命を果たすだけだよね！

◇

走って移動する忍者君について移動をしていると、彼は突然、何もない場所で立ち止まった。まだ走りはじめてから少ししか経っていないし、休憩《きゅうけい》するには早すぎると思っていると、息一つ乱していない忍者君は、私たちが追いついたのを見てゆっくりと話し出した。

「皆の者、ここを見るでござる。この地面に刻まれている跡が、かつて人間界と魔界を分けていた結界の痕跡《こんせき》でござる」

忍者君が指さす場所を見ると、確かにそこを境に地面の色が違っているような気がする。魔界側《こちら》の土は赤茶けた感じの固そうな土なのに、人間界側《あちら》の土は黒く肥沃《ひよく》で、ふかふかとして、柔《やわ》らかそう。

まるで線を引いたみたいに長い距離にわたって土の色が変わっているし、この地点を境に草木の生え方にも違いがあった。地面の色が、何もないところで急に変わっているから不思議な景色に見えるけど、ついこの間までここに壁のような結界があったのが分かる。

改めて魔界と人間界の違いを、そしてその境界が今は消えてしまっていることを認識した私たちは、そこからは少しペースを上げて村へと急ぐことにした。

忍者君によると、ここから王様や魔術師長の避難している村までの距離は、普通の人が歩いたら数日はかかる距離だけど、私たちは全員勇者でレベルも高いから、この調子だったら数時間で到着できるらしい。真の勇者のおじいさんだけは体力が心配なものの、今のところは無理なくついてこられているみたい。

途中で何度か魔獣と遭遇《そうぐう》したけど、私やシオリちゃんが手を出すまでもなく、赤髪の勇者がバッタバッタと倒していった。前に見たときは苔《こけ》団子を倒すだけで喜ぶぐらいだったのに、今は敵を倒したぐらいでは眉《まゆ》一つ動かさない。

やっぱり、勇者として世界を救うのはこんなふうに、自信と力に満ちた人がやるべきで、イツキ君みたいな優しい人は、後衛《こうえい》で活躍するべきだと思うんだよね。

そういう意味では、やっぱり真の勇者のおじいさんがイツキ君を後継者《こうけいしゃ》に選んだのは間違っていて、最初から赤髪の勇者を次期勇者として育てた方が効率がよかったんだろうけど……世の中、理想通りにいくことばかりじゃないってことだね。

そのまま十分ぐらい走り続けると、再び忍者君が立ち止まり、周囲を確認しはじめた。

どうしたんだろうと思って忍者君の方を見れば、彼は真の勇者の方を向いていた。

どうやら、先に立ち止まったのは真の勇者のおじいさんだったみたい。

「お館様、何かあったのでござるか？」

「うむ、どうやら近くの村が魔物に襲われておるようなのじゃ」

おじいさんは、中空に視線をやりながら、ぽつりと呟《つぶや》いた。

それを聞いた赤髪の勇者がすかさず反論する。

「なあジイさん。村が魔物に襲われてるなんて、どうしてそんなことがわかるんだ？　俺にはそんな気配全く感じられないが」

「お館様、例の託宣でござるか？」

「そうじゃ。ここから先の、少し距離はあるのじゃが、その村で、人々が助けを求めているのじゃ」

本当は、私たちは一刻も早く王様や勇者たちと合流して、魔族の侵攻に対する作戦を考えなきゃいけないんだけど、助けを求める声が聞こえてしまった以上……そしてきっと、この人は勇者である以上、それを無視することができないんだと思う。

「遠回りにはなるのじゃが、見捨てるわけにもいかぬ。助けにゆくぞ！」

「ったく、しょうがねえな。戦いは俺に任せておきな。ジイさんは、その村までの案内を頼む！」

「任せろ、ついてくるのじゃ」

赤髪の勇者と真の勇者は、私たちの意見を全く聞かずに、二人だけで走り出してしまった。

残された私たち三人は慌《あわ》ててそれを追いかけて、追いついた頃には小さな村と、村に向けて侵攻する魔物の群れが見えてきた。

今のところ、村人たちの努力もあって、村の中への侵入は防いでいるみたいだけど、魔物の数が多すぎるから、近いうちに限界が来そう。間に合ってよかった。

「まさか本当に、村が魔物に襲われているとはな……」

赤髪の勇者は、実際に魔物を見るまでは半信半疑だったらしく、しばらくぼうっと立ち尽くしていた。けれど、真の勇者に「さあ、ゆくのじゃ」と声をかけられると、我に返って魔物の群れへと飛び込んでいった。

私たちも、彼に続いて村へと向かおう。

魔物は、数は多いけどそこまで強くないみたいで、赤髪の勇者が一人で次々に斬り倒していった。

魔物退治の方は彼に任せておけばよさそうだから、私たちは一足先に村の中に飛び込んで、内側から守ることに集中することにした。

「あなた方は、赤髪の勇者様の……お供の方ですか？」

シオリちゃんと手分けして、村に入りそうになっていた魔物を討伐したり、崩れかかっている木の柵を建て直したりしていると、村人から思わぬ言葉をかけられた。

どうやら赤髪の勇者は、この世界の人たちの間では有名人になっているみたい。

「うん、まあそんなところ。魔物の討伐は彼に任せて、私たちはあと一踏ん張り、頑張《がんば》ろう！」

赤髪の勇者のお供になった記憶はないけど、今は説明をしているような余裕もないし、とりあえずはそういうことにしておこうと思う。

私たちが参戦したことで、元々この村にいた勇者たちも余裕と勇気を取り戻したみたいで、村の守りは彼らに任せておけばよさそうになった。だから、念のためにシオリちゃんには村に残ってもらうけど、私は外に出て魔物の数を減らすことにした。

村を襲っていた魔物たちは、今まで人間界で倒したことのあるものが多かったけど、それぞれが以前と比べて強くなっていて、性格も凶暴《きょうぼう》になっていた。

それぞれは真の勇者のおじいさんや赤髪の勇者の敵じゃないものの、数が多いのと、恐れを知らないかのように突っ込《つこ》んでくるから、決して油断はできない状態がずっと続いてるみたい。

「おじいさん、赤髪君、大丈夫？　手伝うよ！」

「俺は平気だ。だが、ジイさんはもう限界みたいだ。あんたはあの村の中で休んでな！」

「……すまぬが、そうさせてもらう。ここはお主らに任せるのじゃ」

赤髪君は宝剣を振り回しながら魔物相手に無双していたけど、おじいさんの方はかなり疲れている感じだった。やっぱり、普通に走ったりする分にはまだ大丈夫なんだけど、戦闘とかになると一気に体力を使うのだろう。

「わかった。おじいさんは休んでて。ここは私たちだけでなんとかするから！」

「SSレアの実力を見せてくれよ？」

「もちろん！　赤髪君も、次期勇者の力を是非《ぜひ》見せてよね！」

おじいさんが村の方へ走っていったのを確認して、私は赤髪君と協力して魔物を一気に片づけることにした。

同じ場所に固まっていても効率が悪いから、私は一気に走り抜けるようにしながら適当に魔物の数を減らしていき、同じように赤髪君も次々と魔物を倒していく。

連携してというよりは、手分けしてってていう言葉の方が近いんだろうけど、まあお互いをよく知らない状態で連携しようとしても、混乱するだけだしね。

ズウン……ズウン……

小さな魔物をあらかた片づけ終わった頃、地響きのような重い足音が聞こえたので顔を上げると、巨大な亀の魔物が二匹、この村に向かって進んでいるのが見えた。

以前、イツキ君も大きな亀の魔物を倒したことがあるけど、そのときの個体よりもさらに一回り大きなサイズになっている。

しかも、あのときは寝ていた亀に不意打ちをする形だったのに、今度は完全に臨戦《りんせん》態勢の状態。でも、ここで見逃したら村は踏み潰《つぶ》されちゃうだろうし、やっぱり私たちが食い止めるしかないよね！

「赤髪君、あれ、片方ならなんとかできる？」

「大丈夫だが、もう片方は任せていいか？」

「うん、なんとかする。あと、あれは口からビームとか出すから、気をつけてね！」

亀の片方を赤髪君に任せて、私はもう片方の正面に立つ。私の隣では赤髪君も剣を構えているみたいだけど、今はそちらを気にしている余裕はない……かな。

亀の魔物の方も、片方は私、もう片方は赤髪君の相手をすることにしたようで、こちらから誘導はしなくても、自然に一対一の戦いになった。

私も改めて剣を前に構えて、久しぶりにギフトのスキルも発動させることにした。

「……身体強化」

ギフトを発動した瞬間、天空から一筋の光が私のもとに差し込んで、その光を浴びた私の体は光の膜《まく》に包まれる。

この膜は、それ自体が相手の攻撃を防ぐ結界になっているのと同時に、光に包まれた私の能力を底上げしてくれる。

体は浮き上がるぐらいに軽くなって、全身に力がみなぎっていく。

要するに、とてもシンプルな私自身の能力強化なんだけど、そのシンプルさが逆に使いやすい。

「フッ……ハア！」

地面をポーンと飛び跳ねるように蹴ると、たったの二、三歩で数十メートルあった亀との距離を詰めることができ、そのまま甲羅《こうら》に向かって剣で斬りつける。

ガギンと、剣が弾かれ、反動で体が数メートル押し戻されたけど、亀の方も攻撃の衝撃でズッと地面に足をめり込ませた。

ゴゥン……

少し離れた位置から、鐘をつくような音が聞こえた。きっと赤髪の勇者が亀と戦っている音だと思う。目の前の亀が、口から何かを吐《は》き出そうとしているから、そちらに視線をやる余裕はないけど、どうやら向こうも戦闘を始めたみたいだね。

「ふう……さて、こっちも気を引き締めないと……」

目の前の亀は、口に溜《た》めた魔力をエネルギーに変換して、私のいる方向に向かって発射しようとしている。

避けようと思えば避けられる気もするけれど……私の後ろには村がある。攻撃の範囲がどこまでか分からない以上、気軽に避けるわけにはいかない。だけど、簡単に防ぎきれるような威力でもなさそうだし……

「精霊召喚……からの、精霊術！」

ということで、今まで使ったことのなかった精霊術を使ってみることにした。

この精霊術っていう技術は、神霊術の身体強化や精霊召喚と違って、武術や魔術と同じように練習すれば誰でも使えるようになるものだった。だけど、今はそもそも媒体《ばいたい》となる精霊を感知できない人がほとんどだから、実質私専用の技術と言っても過言《かごん》じゃないよね。

精霊術は、複数の精霊を特定のパターンに並べることで、特定の力を発揮《はっき》するもので、今回は魔法陣のように光の精霊を複数配置することで防壁《ぼうへき》を作成する。

私が壁を完成させた直後、亀は口から魔力の光線を吐《は》き出した。

亀の魔力と私の精霊がぶつかり合って、ギシギシ、ギリギリと、精霊たちの悲鳴のような音が聞こえてくる。

「精霊さんたち……頑張《がんば》って！」

壁になっている精霊たちは、少しずつ剥《は》がれ落ちて空気中に溶《と》けていく。

だけど、それでも精霊たちの作り上げた壁はしっかり役割を果たしていて、私の後ろにある村は、魔力の影響を受けていない。

あとは、この壁を保つことができるかどうか、なんだけど……

攻撃が続いて三秒ぐらいで、精霊術の壁にたわみが生まれはじめた。

さらに耐えて五秒が経った頃、壁に小さなひび割れが生まれ……そこから魔力が漏れ出してくる。

八秒が経った頃、同じようなひび割れがいくつも生まれ、修復が間に合わない！

このままだと壊れちゃう……

「まだ！　まだ、私は諦《あきら》めないよ！　精霊の追加召喚！」

光の精霊はもうこれ以上呼び出せないけれど、私の魔力を総動員して、無理やり別の精霊を追加で絞《しぼ》り出す！

応じてくれたのは、ほんの少しの水の精霊たち。この子たちに、壊れかけの精霊の壁を補修《ほしゅう》してもらう。

影響としては些細《ささい》なもので、壁の寿命が一秒伸びたかどうかっていうぐらいだと思うけど、それを見た亀の魔物は、息継ぎをするように魔力の攻撃を一瞬だけ止めた。

その瞬間を、私は待っていた！

魔力の奔流《ほんりゅう》が止まった一瞬のうちに、精霊たちを解散させて、目の前の壁を取り払う。

亀の表情はよくわからないけど、まるで「そんな馬鹿な」と言っているようにも見える。

確実に壁を壊すために息継ぎをしたら、その壁が消滅して私が現れたんだから、驚いても無理はないけどね！

壁から剥《は》がれ落ちた精霊たちを剣にまとわせて、そのまま亀の顔面に向かって突き出す！

甲羅を叩《たた》いたときとは違って、私の剣は確実に亀に突き刺さり——亀は静かになった。

「わあああぁ！」

村からはかなり距離があるけれど、ここからでも村人たちが歓声を上げているのが聞こえてくる。

もう一匹の亀の方を見ると、そちらも無事に赤髪の勇者が討伐したみたい。他の魔物たちは、亀の魔物が倒されたのを見たのか、散り散りになって森に逃げ帰っていった。どうやらこれで、ひとまずこの戦いはなんとかなったみたい……かな。

「アカリ、お疲れ様です。お見事でした！」

「シオリちゃん、褒《ほ》めても何も出ないよ。それにあっちはもっと華麗《かれい》に倒したみたいだし……」

「あっち……？　ああ、赤髪ですか。確かにアカリは、彼と比べたら泥臭《どろくさ》い勝利といった感じでしたからね」

◇

村に戻ると、シオリちゃんは私を出迎えてくれたけど、他の多くの村人たちは先に戻った赤髪の勇者の方に集まって「さすがは勇者様です」と褒め称《たた》えている。

私の方に来ているのは、そこからあぶれたような子供やお年寄りだけ。

私は私の戦いに必死で、しっかりと見ている余裕はなかったけれど、どうやら赤髪君は、それこそ伝記に出てくる英雄みたいにあざやかに亀の魔物を倒したみたい。それに対して私は、亀の魔物の攻撃を真っ正面から受け止めて、本当にギリギリの戦いだったから。

それでも、私のところにもキラキラした目で見つめてくる子供たちはいる。笑顔で「応援ありがとね！」って言ってあげると、満足したのか喜んで親のもとに走っていった。

今まではただ夢中で戦ってきた。でも、こういうことがあると、改めて私は勇者なんだってことに気づかされるね。

「シオリちゃん、とりあえず魔物の騒ぎはなんとかなったけど、これからどうするかって聞いてる？」

「忍者と真の勇者は、落ち着いたらすぐに出発すると言っていましたよ。見ている感じ、落ち着くまで結構かかりそうですが」

「そうだね。彼らはすごい人気《にんき》みたいだからね」

赤髪君は大勢の村人に囲まれているけれど、それと同じぐらい真の勇者の周りにも人が集まっている。

真の勇者のおじいさんは、魔物との戦いで体力を消耗《しょうもう》していてかなり疲れているはずなんだけど、それでも彼はそんなそぶりは一切見せずに堂々としている。そういうのを見ていると、彼もまさしく勇者っていう感じがするよね。

「我々一行は、界外から攻めてきた魔族に対抗するために、人間界を出て魔界にて戦っていたのでござる」

忍者君の演説を聞いていると、嘘と真実を混ぜながら、村人や事情をあまり知らない勇者たちを勇気づけるような内容を話している。

洞窟に閉じ込められたから、仕方なく魔界に向かうことになったなんて話さないし、人間界を覆う結界が崩壊《ほうかい》していることも話していない。「真の勇者様はその兆候《ちょうこう》を察知して、いち早く魔族の討伐に向かったのでござる」といった話に置き換《か》えていた。

村人たちは、全て信じているのかはわからないけれど、それでもそんな状況で魔物と戦えるだけの力を持った勇者が戻ってきたことに、喜びを隠しきれないみたいだね。

「さて、皆に紹介しておきたい勇者がいるのでござる」

忍者君はそう言うと、赤髪君の方に視線を向けて、その直後に私にもまなざしを向けてきた。

え？　何のことだろう……そう思って首をかしげると、それを了承《りょうしょう》の合図とでも思ったのか、そのまま村人に向かって話を続けた。

「この二人は、真の勇者であるお館様の弟子《でし》、赤髪の勇者殿と、精霊使いの勇者殿でござる！　二人とも、こちらに！」

……え？　赤髪君は分かるけど、なんで私まで？

「ほら、アカリ。出番ですよ！」

「いや出番って……なんで？」

「皆さん、アカリ……精霊使いの勇者様が通りますので、道を空《あ》けてください！」

「ちょ、シオリちゃん？」

戸惑う私がオロオロしていると、私の目の前に、人垣でできた一直線の道ができてしまった。

無数の視線が私のもとに集まってくる。真の勇者に向けられていたような、無遠慮《ぶえんりょ》な期待に満ちた強い視線。

視線に圧力があるとしたら、私はきっとぺしゃりと潰《つぶ》れてしまうだろうけど、幸いなことに物理的な力はないし、いつまでもここに立っているとみんなが不審に思うかもしれない……

「ほら、アカリ。行きましょう。私もついていきますから」

シオリちゃんに背中を押されて、私はゆっくりと歩き出す。十歩ぐらい前に進むと、真の勇者と忍者君がいる場所に到着した。

私の隣には、同じように人垣を歩いてきた赤髪君が立っていた。

「赤髪殿、アカリ殿。自己紹介をお願いしたいでござる」

「俺は、ユータ。みんなには『赤髪の勇者』と呼ばれている。この世界は俺が必ず守るから、みんなは俺たちのことを支えてほしい！　よろしく頼む！」

忍者君の言葉に従って、赤髪の勇者は即座に名乗りを上げる。その姿はいかにも勇者といった感じで、きっとみんなは私にも同じ役割を期待しているんだと思う。

今この世界は大変なことになっていて、私にはみんなを勇気づけることができて……勇者っていうのは、そういう宿命みたいなものも背負っているのかもしれない。勇気があるだけじゃなくて、他人に勇気を分け与えることができる。そういう人だからこそ、彼らは勇者って呼ばれているのかも。

そして私も今は、勇者って呼ばれている。

だったらやっぱり私にできるのは、勇者としての役割を果たすことだけだよね。

「わ、私は……せ、精霊使いの勇者。名前はアカリです。魔物は、強いです。恐ろしいです。私の仲間も一人、魔物と戦って呪いを受けて、動けない状態になってしまいました。ですが、私たちは戦わないといけないんです。私たちは、戦います。その仲間を元に戻す方法も探し続けますし、諦《あきら》めるつもりはありません。絶対に、諦《あきら》めません……」

私は、真の勇者や赤髪君みたいに自信満々に「俺が守る」みたいなことは言えない。だけど、だからこそみんなに伝えられることがある。

今はその一言だけをしっかりと口に出して、伝えたい。伝えなきゃいけないと思う。

「私たちは、絶対に諦《あきら》めません。だからみんな、これからどんなことがあるかわからないけど、諦《あきら》めずに戦いましょう！　ですよね、赤髪の勇者？」

「あ、ああ！　もちろんだ。俺たちは諦《あきら》めない！　だからみんなも、諦《あきら》めずに戦ってほしい！」

なんか、このままだと私が主役になってしまいそうだったので、慌《あわ》てて赤髪君に話題を振った。すると、どうやら彼の方もちゃんと意図を理解してくれたみたい。

私のオウム返しみたいな形でも、しっかりと場をまとめ上げてくれてよかった。

私と赤髪君が演説を終えて口を閉じると、静寂《せいじゃく》が場を支配して、次の瞬間には歓声が大爆発した。

「赤髪！　赤髪！　赤髪！」

「ユータ！　ユータ！」

「アカリさまー！」

赤髪君を応援する声に混じって、私の名前が聞こえてくるのは気のせいじゃない。ここで「気のせいかも」なんて、逃げるようなことは言いたくない。私たち勇者っていうのは、きっとそれだけ大きな存在なんだと思う。

だから私も、期待には応《こた》えられるように、これからしっかり勇者をやっていかないとね……。

私たちを称《たた》える声はいつまで経ってもやむことがなく、私たちはしばらくの間その場で足止めを食らうことになった。

忍者君と真の勇者の二人は、一刻も早く王様のもとに向かいたいと思っているみたいだった。けど、憧《あこが》れの視線を向けてくる村人たちを無視するわけにもいかず、仕方がないので私たちはこの村で少し休んで、どうにか落ち着くのを待ってから移動することにした。

真の勇者の体力も心配だったし、忍者君には聞いておきたいこともあったからちょうどいいかな。

「それで忍者君、いつから私は勇者の弟子になってたの？　私、そんな覚えは全くないんだけど？」

「それは……事後承諾《じごしょうだく》となってしまい申し訳ないでござる。しかし、民衆の中にはアカリ殿の戦いに心打たれていた者も少なからずいたでござる。士気を高めるためには、あれが最善だったのでござる」

それはまあ、そうなんだろうけど……

忍者君の説明を聞いて、仕方ないような、それでも納得いかないような顔をしていると、シオリちゃんや赤髪君まで調子に乗って話しかけてきた。

「アカリ！　弟子の話は置いておいて、アカリが魔物と戦う姿は、確かに格好よかったですよ！　英雄のようでした！」

「そうだぜ。俺も見ていたが、素直に尊敬《そんけい》する。いやすげえよ、まじで！」

赤髪君は、私よりも勇者らしい活躍をしていたはずなのに、彼は素直に私のことを褒めてくれている。なにか思うことがあったりとかはしないのかな。

「赤髪君、私が勝手に真の勇者の弟子になったと言われたことを、本当の弟子であるあなたはなんとも思わないの？」

「そんなことは、気にしてないぜ。むしろ切磋琢磨《せっさたくま》するライバルができたみたいでうれしい気持ちの方が強いな。ジイさんも、アカリを弟子にすることに文句はないいんだろ？」

「うむ……そうじゃな。お主も勇者となる資格を十分に持っておる。まったく、ワシにはどうやら人を見る目がなかったようじゃ……」

私が勇者にふさわしいのかはわからないけど、イツキ君のことを「次の勇者にふさわしい」なんて言っちゃうぐらいだから、見る目がないのは確かだよね。

イツキ君が持っているのは、勇気とかじゃなくてもっと優しい何かだから。……ううん、私にもよく分からないけれど。でも、そんなことにも気づけないこのおじいさんは、勇者ではあっても、勇者を見極《みきわ》める神様ではないっていうことなのかな。

「それよりも、皆の衆。これより拙者たちは、王のいる村へと向かい、謁見《えっけん》することになるでござる。おそらくその後すぐに任務に向かうことになるゆえ、今のうちに状況を改めて説明しておくでござる」

私たちが勇者の弟子の話で盛り上がっていると、忍者君が気を引き締めるように話題を変えた。

確かに、誰が弟子になるかよりも、これからどうするかの方が重要だよね。

「まず、他の村の状況でござるが……聞いた話だと、他の村も、ここと似たような状況らしいでござる」

「それは、魔物に襲われているって意味か？」

「赤髪殿の言う通りでござる。それに加えて、王宮を占拠している第二次勇者軍から襲撃を受けた村もあるらしく、一部の村はすでに壊滅《かいめつ》して村人たちは拉致《らち》されたようでござる……」

忍者君の話を聞いて赤髪の勇者は「間に合わなかった……」と悔しそうに呟《つぶや》いている。

どうやら、私たちの後に召喚された勇者たちのことは「第二次勇者軍」と呼んでいるみたいで、今、この人間界には彼らと凶暴化した魔物、そして私たちが向かっている「正統王国」の三つの勢力があるんだとか。

現時点では、私たちが魔界で見たような魔王軍の侵攻は確認されていないけど、それも時間の問題だと思う。

そして、実際に魔王軍が動き出してしまうと、状況はさらに混乱することになる。

私たちは、村人たちに見送られながら村を旅立って、途中の道は軽く走りながら王様のいるという村へ向かった。

しばらく平原を駆けていると、やがて遠くに巨大な建物の一部が見えてきた。

「さて、見えてきたでござる。あれが、これから我らが向かう村でござるよ！」

忍者君に言われて改めて見ると、巨大な城壁《じょうへき》の一部にしか思えなかった。

高さは十メートル以上。石造りのしっかりした城壁で、周りには深い堀《ほり》が何重にも掘《ほ》られている。

見た目では、これはもはや村っていうよりも……都市？

以前、王様がいた街の造りよりもさらに重厚になっているのは、周囲の村から人が集まっていたり、魔物や勇者などの敵が侵入するのを防ぐという理由もあるのだろう。けどそれ以上に、勇者たちのギフトや前世の知識を最大限に活用したのが大きいのだと思う。ところどころ現代日本風なところを感じるから、それは間違いないんじゃないかな。

そう考えると、改めて、召喚された勇者たちがこの世界でどれだけ大きな存在かっていうのを思い知らされるね。

巨大な壁の、これまた巨大な門に近づくと、中に入ろうと行列を作っている人々や、それを守るように配置されている兵士の姿があった。

どうやらこの村……というか、都市では、人々の受け入れはしているけれど、その前にしっかりした検問をやっているみたい。

敵の勇者や、人の姿に化けた魔物が都市に侵入するのを防ぐためだから、ある程度は仕方ないのかもしれないけど、おかげで私たちもすぐには都市に入ることができそうにないね。

「どうするんですか？　まさかあの行列に並ぶのですか？　何日かかるんですか？」

「シオリちゃん、何日かかるは言いすぎだよ。でも確かにこれに並ぶのは、気が滅入《めい》りそうだね」

「その点については、赤髪殿にお任せするでござる！」

「俺？　俺か？　何をすればいいんだ？」

私たちが話していると、忍者君が解決策をひねり出した。

「赤髪殿の噂は、人間界全体に『次期勇者』として、そして『赤髪の勇者』として伝わっているでござる。赤髪殿の赤い髪を見た民衆は、自然と順番を譲るはずでござる！」

「なんだそれ、そんなわけないだろ」

赤髪の勇者は、半信半疑といった感じで行列の最後尾に近づいて「すまないが……」と声をかける。

すると、それに気づいた村人は「赤髪の勇者様⁉」と叫《さけ》び声を上げ、「どうぞ、お通りください！」と言って順番を譲ってくれる。そしてそれに気づいた他の人たちも、次々と順番を譲ってくれる。

先頭を行く赤髪君の後ろをついて歩くと、あっという間に行列の先頭にたどり着いて、そのまま門番らしき人に話しかけられた。

「お待ちしておりました、赤髪の勇者様、精霊使いの勇者様、そして真の勇者様のご一行ですね。どうぞお通りください、中にいる部下が王のもとまで案内いたします」

この門番さんは、赤髪君や真の勇者のことだけじゃなくて、私のことも知っているみたい。

精霊使いの勇者っていうのは、さっき出発した村で初めて名乗ることになった名前だから、私たちより先にここに到着して、伝令する人がいたってことなのかな。

門を抜けて都市の中に入ると、騒がしいぐらいの喧噪《けんそう》が襲いかかってきた。

建物は木製やレンガ造りの家から、コンクリートで造られたマンションまで、様々な様式の建物が乱立している。

「これは……勇者たちの力か？」

赤髪君がぽつりと呟《つぶや》いたけど、彼の言うとおり、きっとこの混沌《こんとん》とした状況は、勇者たちがギフトを使って無計画に街作りを手伝った結果なんだろう。急ピッチで建築を進めるためには仕方なかったのかもしれないし、ここにいる人たちはこんな状況でも笑みを浮かべている人が多いから、きっとこれが正解だったんだね。

つまり、敵と戦うだけが勇者の仕事じゃないってこと。

壁の向こうでは相変わらず、魔物とか第二次勇者とかの問題が山積《やまづ》みになっているけど、少なくともこの都市の中は平和な状態が維持されているみたいだし、みんな未来に希望を持っているようにも見える。

たとえ戦えなくても、レア度が低くても、勇者たちが協力すれば、こんな立派な都市を造れるんだね。

「お待ちしておりました、勇者様！」

混沌《こんとん》とした街の様子を見て唖然《あぜん》としていた私たちに、不意に声がかかった。声のした方を見てみると、王宮の制服を着た兵士がそこにいた。

私たちに向かって軽くお辞儀《じぎ》をして、その後はピシッと背筋を伸ばして直立している。

彼は勇者ではないみたいだけど、立ち姿からは強そうな雰囲気《ふんいき》が漂ってくる。多分、ある程度の魔物だったら、この人でも倒せるんじゃないかな。

「お主が、案内役でござるか？」

「はい。勇者様を、王のもとへ案内させていただきます！」

「そうか、よろしく頼むでござる」

案内人は、複雑に入り組んだ通路を人混みを避けつつ、すいすい進む。私たちも見失わないように慌《あわ》ててついていくと、少し豪華な建物が見えてきた。

前の王宮と比べればこぢんまりとしているし、周りの高層建築と比べたら二階建ての小さな建物は地味に感じるかもしれない。けれど、細かな飾りにまで気合《きあ》いが入っているっていうか、染み一つない純白《じゅんぱく》な壁や柱からも、この建物が特別だってことが分かる。

なんていうか、他の建物は勇者のギフトだけを使って無計画に建てた感じなんだけど、この建物はしっかりと設計され、ギフトの力に職人の技術が加わっているような……なんて、私には見ただけじゃわかんないんだけどね。

建物に感動している暇もなく、さっさと扉を開けて中に入っていった兵士さんについていく。すると、調度品とかは全く置かれていないシンプルな廊下が続いていて、兵士さんはその先にある一つの扉の前で立ち止まり、息を強く吸ってから大声を上げた。

「勇者様ご一行を、お連れいたしました！」

声が反響すると同時に、扉が自動的に横にスライドして開く。その先には王様と魔術師長と、錬金術師のおばさんの姿があった。

「おお、よくぞ戻られた、真の勇者様！　あなたさえ戻れば、もうこの国は安泰《あんたい》ですな！」

「うむ……」

王様は、両手で握手をしようとするけれど、真の勇者は石化した方の手を隠すようにして、片方の手だけで握手に応じる。

「王よ、出迎え感謝する。しかしワシの命はもう長くない。これからはこやつらに頼るのじゃ。彼らこそが、次の時代の勇者たちじゃ」

そう言って真の勇者は私たちを王様に紹介する。赤髪君や私だけでなく、忍者君やシオリちゃんも同じように。

「王様、約束通り、勇者のジイさんを連れて戻ったぜ。っても結局、ジイさんはこのざまだけどな！」

「そうか。何があったのかは知らんが、まあこのお方が言うのであればそうなのであろう。

赤髪の、お前の実力に関しては信頼しているが……それにしても、なるほど。お前がその剣を受け継いだのか」

王様は、赤髪君が背負う宝剣を見て、納得したように頷《うなず》いている。私たち四人は同列に勇者候補として紹介されたけど、特にその中で彼が一歩先んじていることに気づいたのかもね。

「アカリ殿、シオリ殿。それで、イツキ殿はどうなったのじゃ？　姿が見えぬのじゃが、まさかあやつは死んでしまったのか？」

「魔術師長さん、イツキ君は生きてるよ！　ただ、今は……」

「イツキは、敵の呪いを受けて動けない状態になっています。ですが、あのまま彼を連れてくることは危険だと判断し、今は魔界に残しています。アカリの言うとおり、まだ生きてますし、私たちは元に戻す方法を探し続けます！」

「シオリちゃん……そうだね。そうだ、魔術師長さん、石化の呪いを解く方法に心当たりない？　真の勇者の片手も同じ状況なんだけど……」

真の勇者は、私たちの話を聞いて、服の袖《そで》から出して手袋も外し、石化して動かなくなっている手を、魔術師長や王様にも見えるようにした。

「なるほど……これは、石化の呪いですかな？　残念ですが、我々の知る魔術に石化を解くものはありませぬ……錬金術師殿はいかがか？」

「私も同じです……せめて、呪いの素《もと》となった術式が分かれば研究できるのですが……」

真の勇者の石化した腕を見て、魔術師長は首を横に振りながら呟《つぶや》き、錬金術師のおばさんも同じように無理だと言う。あまり期待はしていなかったけど、イツキ君を元に戻す方法は私たち自身で探すしかなさそうだね。

真の勇者が再び手袋をつけなおして石化した手を袖の中に隠すと、王様は気を取り直したように手を叩《たた》いてみんなの注目を集めた。

「さて、ではお主らに、指令を与えたいと思う。まずは赤髪、お前は来たるべき決戦に備えて鍛えながら、村を襲う魔獣を討伐してほしい。真の勇者様、それでいいですかな？」

「そうじゃの……ワシもこやつについていく。お主はイツキよりも筋がいい。ワシの命がつきるまでに、勇者にふさわしい強さを与えて見せよう」

「続いて忍者は、この都市の内部に敵が潜《もぐ》り込んでいないか、一度しっかりと調べ上げてほしい。検問はしっかりしているつもりだが」

「任せるでござる！」

「そして、そちらの……アカリさんとシオリさんだったたか？　お前たちには、そうだな。敵の、つまり、かつて我らが治めていたあの街へと潜入し、情報を集めてきてほしい。危険な任務になるが……できるか？」

一瞬「そんな任務なら忍者君の方がふさわしいのでは？」って思ったけど、忍者君には別のもっと重要な任務があるみたいだから、私たちに頼るしかないってことなのかもね。

いずれにせよ、私たちがこの街に残っていても、今の状況で手伝えることはなさそうだから、私としては問題ないんだけど。

「シオリちゃん、どうする？」

「そうですね、アカリ、やりましょう！」

シオリちゃんと目が合うと、その瞳は使命感に燃えているようにも見えた。これはきっと、そういうことだよね。

「……そうだね。王様、私とシオリちゃんで、やります。やってみせます！　任せてください！」


第二次勇者たちに占拠された街に潜り込む任務を受けた私とシオリちゃんは、勇者の装備は目立つから、この世界の一般的な服装に着替えてから出発することにした。

目的の街までは、普通に歩けば数時間で到着するような距離らしいけど、勇者のステータスで走ると十分もかからずに街門が見えてきた。

まずは外側から様子を確認しようと思って街に近づいてみると、門が開いていて普通に人が出入りしているみたいだから、それに紛《まぎ》れて中に入ることにする。

各地の村人が拉致《らち》されているって話も聞いていたから、出入りが厳しく管理されているのかもって思ったけど、門番とかの見張りもない。村人の姿に変装しているとはいえ、こんなにもあっけなく中に入ることができてしまうと、逆に罠なんじゃないかって気にもなってくるね。

街の中に入ってみたら、これもまた意外なことに、この世界の住民らしき人々が普通に、平和に暮らしている。

普通に店が開いていて、普通に買い物する人がいて。私たちが旅立つ前の、平和だった頃の街とほとんど何も変わらないような……

「シオリちゃん、これは一体どういうことなの？」

「さあ……もしかしたら敵というのは、そこまで危険な存在ではないのかもしれませんね」

「そうだね。見てるだけじゃわかんないし、聞き込みとかもしてみよっか」

忍者君や赤髪君から聞いた話だと、敵は凶暴で危険な存在だったはずなんだけど、平和な街を見ている限りでは、そんな風には思えない。

とはいえいきなり王宮に突入するのはリスクが高いから、まずは街の人に話を聞いてみることにする。

私とシオリちゃんは適当に歩いていると、イツキ君と一緒に食事をしたお店の前を通りがかった。

そこは、以前と同じく多くのお客さんで賑《にぎ》わっていた。

店内をよく見ると、お店の中央付近の座席にみんなの視線が集中しているような……？

この世界で初めてイツキ君と再会したのと似ている。

「シオリちゃん、ちょっと見てくるね」

「わかりました。ではここで分かれましょうか。私は別の場所を見てきます！」

シオリちゃんと分かれて、私は一人でお店の中に入る。

ギャラリーを押しのけて覗《のぞ》いてみると、そこには何やらフードファイトをしている小さな女の子がいた。

「おおっ！　すげえ、これで何皿目だ？」

「一つ、二つ……十枚でまとめられた皿の束が四つってことは、今のとあわせて四十五皿じゃないか？」

「ひえ～、異世界の少女ってのは、ずいぶんと食うんだなあ……」

テーブルの上には山のように積まれた皿と、次々運ばれてくる料理。小柄な少女は、山盛りになったステーキをペロリと平《たい》らげると「おかわり！」と言って次の料理を所望《しょもう》して、店員さんは慌《あわ》てて料理を運んでくる。

回転寿司とかわんこそばとかのペースで、重たい肉料理を食べ続けているみたい。食べた大量の料理は、あんな小さな体のどこに消えていくんだろう。

彼女の後ろで「姫、そろそろ……」と、申し訳なさそうに耳打ちしているおじさんは、彼女の部下か何かかな？

っていうことは、彼女は私たちの次に召喚された勇者の一人だろうし、「姫」なんて呼ばれているってことは、結構偉い人……なのかな？

「でも、あまり偉そうな人には見えないけどね」

思わずポツリと漏れてしまった言葉は、食事をしている彼女たちには聞こえなかったみたいだけど、隣にいた人には聞こえちゃった。

「姉ちゃん、もしかしてこの街に戻ってきたばかりかい？　だったら俺が教えてやる！　あれはこの街を魔物から守ってくれている勇者様の中でも、一番偉い人らしいぜ」

「へえ、そうなんだ……あんな小さい子なのにね」

「小さいからって、馬鹿にしちゃいけない。俺の前いた村は魔物の群れに襲われて、万事休すかと諦《あきら》めかけていたんだが、なんとあの子が一人でその魔物の群れを片づけてしまったんだ！　しかも、村を破壊されて住む場所がなくなった俺たちに、この街に避難する許可まで出してくれたんだ。おかげで俺はこうして生きていられるし、勇者様は仕事の斡旋《あっせん》までしてくれるからこうして飯を食うこともできる。前の王様も悪い人じゃなかったんだが、俺は新しい勇者様の方が、どっちかっていうと好きだな！」

知らないお兄さんの話が長くなりそうだったから、適当なところで切り上げてこの場を離れようとした。だけど、最後にもう一度確認しようと思って女の子の顔に視線を向けたとき、たまたま息継ぎのように視線を上げた彼女と目が合ってしまった。

透明《とうめい》な、宝石のように綺麗《きれい》な瞳が、こちらをじっと覗《のぞ》き込んでいる。

「あなた、ここことは違う世界の人ね？」

慌《あわ》てて目をそらした私を見て、少女は綺麗《きれい》な声で呟《つぶや》いた。

私の今の格好は、この世界の人と同じもので、「見た目で勇者だと区別するのは難しいでござる」って、忍者君も保証してくれたぐらいなのに？

「えっと……その……」

「待って、逃げなくてもいいの。私はあなたと、少し話をしてみたいだけなのよ」

どうやら私の周りの村人たちは、迅速《じんそく》に空気を読むことにしたみたい。

いつの間にか、少女一人を囲んでいた観客の輪《わ》は、私と少女を囲う大きな楕円《だえん》に変形していた。

仕方がないので、私の方から女の子に近づいてみることにする。

「あなたが、私たちの後に召喚された勇者……なのかな？」

「勇者……そうね、この世界の人たちは、私たちのことを勇者って呼んでいるわね。……えっと、まずは自己紹介をしましょうか。初めまして、私はウィズティーネ・ラプティンツカ。ティナって呼んでくださいね」

「ティナちゃん……ですか。えっと、私はアカリだよ。よろしくね、ティナちゃん」

「こちらこそよろしく、アカリさん！」

ティナちゃんは私に向かって丁寧に挨拶《あいさつ》をしてくれた。

やっぱり、どう見ても悪い子じゃないような気がするんだけど……でも、赤髪君や忍者君は「気をつけろ」って言ってたし、私がこの世界に召喚された勇者であることを見抜いた方法も分からないままだから、気は抜かないようにしようかな。

「それで、ティナちゃん。私に話って……何かな？」

「えっと……そうね。まずはこの世界について、あなたたちが知っている情報を聞きたいの」

「情報？　私たちもこの世界に召喚されてから長くはないから、知っている情報にそこまで差はないよ？」

「そうかもしれないわね。でもきっとあなたは、この世界が不安定な状態になってる理由について、何か知っているんじゃないですか？　このタイミングでこの街に入ってくるということは、何かを知っているような気がしましたの……」

「確かに知っているけど……でもなんで私が知っていると思ったの？　他にも勇者はいると思うけど？」

「他の勇者も、ある程度はとらえて話を聞きましたわ。でも彼らは何も知らないようでしたの。たいして強くもなさそうでしたから、情報統制《とうせい》を受けていたのかもしれませんわ。でもあなたは違うんでしょう？　ギフトのレア度ＳＳ、水音朱里《みとあかり》さん」

……一瞬、彼女たちとは仲良くできるかも、なんて考えがよぎったけれど、やっぱり油断はしちゃだめだ。

だけど同時に、これは彼女から重要な情報を聞き出すチャンスでもあるし、今のやり取りからも悪意は感じられない。

まるで、知っていて当たり前のことを話したような……そのあたりのことを見極めつつ、情報を集めて、でもやっぱり、仲良くできたらうれしいな……

「まずはえっと……確認なんだけど、ティナちゃんたちもこの世界に召喚された勇者なんだよね？　あなたたちも、何かギフトをもらっているの？」

私の名前やギフトのことを知っていた理由も気になるけど、その前にまずは基本的なことから質問してみることにする。

「そうですわ。あなたたちとは違う世界から、この世界に召喚されたのですわ。そしてあなたたちと同じように、私たちもこの世界に来るときに、一人一つのギフトを貰《もら》っているわ」

「そうなんだ……やっぱり、私たちと同じみたいだね。でもティナちゃんは王宮の人を殺して、街を支配してるって聞いたよ。何でそんなことをするの？」

「私たちが殺したのは、私たちに危害を加えようとした者たちだけです。それに支配……ですか？　街の人たちはきっと支配されているとは思っていませんよ。ほら見てください、皆さんあんなにも笑顔じゃないですか」

ティナちゃんに言われて周りを見回すと、確かに暗い顔をしている人はほとんどいない。

「そう、それが私には不思議なんだよね。なんであの人たちは、ティナちゃんみたいな異《い》邦人《ほうじん》に、従うつもりになったのかな……」

「さて、それは私にもわかりません。前政権に不満を持っている人もいたのかもしれませんし、結局、誰が上に立っても同じだと思っているのかもしれません。私たちが彼らに何か危害を加えるというわけでもありませんし」

「でも、税金とかは集めるんでしょ？　文句を言う人とか、出てこないのかな」

「え、アカリさん。あなたの世界では、家畜《かちく》からも税金を取るんですか？」

一瞬聞き間違いかと思って、次に冗談《じょうだん》かとも思ったけど、ふざけているような様子もないし、どうやら本気で言っているみたい。

「えっと……家畜？　ティナちゃん、彼らも人間だよ？」

「人間だろうと、飼《か》われる側は家畜でしょう。それに、彼らから金を巻き上げたとしても、私たちには使い道もありませんから」

「でも、例えば壊れた道を直したり、この街を襲おうとする魔物を討伐したり？」

「道の修理《しゅうり》などは、彼らに任せておけばいいのです。確かに、魔物の討伐に報酬《ほうしゅう》が支払われる仕組みは用意しましたが、管理はこの世界の人に任せていますので、私たちは何も消費していません。むしろ、私たちがそちらのサービスを利用しているぐらいですわ」

どうやら、私たちが考えている政府とは、全く違う形の政治を行《おこな》っているのかな？　ティナちゃんたちの感覚で言うと、それこそ牧畜《ぼくちく》に近い感じ？

「じゃあ、さっきティナちゃんが食べていた山盛りの料理。あれのお金は、誰が出してるの？」

「あれは私が倒した魔物の肉ですわ。それよりもアカリさん、この世界の人は、彼らが『魔物』と呼ぶ危険生物に対して、あまりにも無防備すぎます。むしろどうして今まで生き延びてこられたのかが不思議なくらい……私たちが来る前は一体どうなってたんですの？」

「それはね、ティナちゃん。少し長くなるんだけど……」

ティナちゃんは、この世界の事情についてあまり詳しくなさそうだったから、私たちが最初に召喚されたときに聞いた説明……つまり、魔王がこの人間界を狙っているらしいということや、二度目の勇者召喚によって、人間界を守る結界が崩壊してしまったことを、かいつまんで話すことにした。

あとは、魔王の脅威《きょうい》や、魔界の様子についても簡単に話しておく。

ティナちゃんが、今後、私たちの敵になるか味方になるかはわからないけれど、今のところは話し合いで解決できるような気もする。あと、この街が魔王に襲われたときに、人々のことを守ることができるのは今のところ彼女たちだけだと思うからね。

ただ、戦って勝てないことも想定して、人々を避難させる準備とかしてくれたらいいんだけど……

「そうだったのですね。そう聞くと納得できることが多いです。それにしても魔王、ですか……」

「うん。私があれと出会ったのは、私が今よりもずっと弱かったときだけど、レベルが上がって成長した今でも、やっぱり勝てる気がしないよ……」

「あなたにそこまで言わせるほどですか……それなら私たちも、何らかの準備はしておいた方がいいかもしれませんね」

ティナちゃんは、その場で手を上げて、民衆に紛《まぎ》れて待機していた人を呼び寄せて、耳元で何かをささやいた。

伝令を受けたその人は「かしこまりました、姫様」と言って走り去っていく。

「ティナちゃん、今の人は?」

「あれは、私の部下ですわ。一度仲間で話し合う必要があると思ったので、招集をお願いしましたわ」

「っていうか、姫様って……もしかしてティナちゃんって、偉い人？」

「偉いというか、一応は姫……いえ、この世界に父上はおりませんので、今は私が女王《じょおう》ということになりますわ」

「そっか。もしかして私、失礼な話し方してる？」

「かまいません。アカリさんと私は、ともに召喚者という同じ立場ですからね」

「そっか。じゃあ私たち、友達だね。話し方も、このままでいいのかな」

　握手をするように片手を前に出しながらティナちゃんに言うと、うれしそうな表情を浮かべて「もちろんです！」と、私の手を握り返してくれた。

　もしかしたら、王族だとかの立場のせいで、友達とかはあまりいなかったのかもね。

「それで、ティナちゃんたちはこれからどうするつもりなの？」

「そうですね……やはり、まずは他の勢力のことを知る必要がありそうですわ。別の村に逃げ出した旧王族もそうですし、人間界の外にいるという、魔王が統《す》べる魔界の人たちのことも。誰が敵で、誰が味方なのかを見極めたいと思っておりますわ！」

「そっか。ティナちゃんたちも、いろいろ考えてるんだね……そういうことなら、王様たちと話ができないか、私から持ちかけてみようか？」

「いえ、とりあえずその必要はありません。まずは調査を行い、必要であればこちらからコンタクトを取ることにします。そのときはアカリさんに橋渡しをお願いするかもしれませんが」

「そうだよね、いきなり知らない人と交渉ってのは無理があるものね。わかった、私は一度向こうの街に戻るね。連絡を取り合う方法があれば、よかったんだけど……」

召喚される前の世界だったら、ＩＤとか電話番号とかを交換するだけでよかったんだけど、この世界にスマホはないからね。シオリちゃんの魔術を使えば連絡はできるものの、あれは一方的に声を届けるだけで会話はできないし……

最悪、狼煙《のろし》とかを利用することになるのかもって思っていたら、ティナちゃんは不思議な模様《もよう》の描かれた、二つで一組になっている手のひらサイズの石を取り出して、片方を私に差し出してきた。

「でしたら、アカリさん。これを持っていてください」

「ティナちゃん、これは？」

「これは、私のギフトで作り出した、通信用の魔道具です。魔力を流すことで、同じ魔法陣の描かれた石同士が共振し、声を伝えることができる性質を与えました」

石を受け取って、試しに魔力を流してみると、ティナちゃんの持っている方も同じように光り出す。

石に向かって「あ～っ」と小声で話してみると、数瞬《すうしゅん》のタイムラグがあって、向こうの石からも私の声が聞こえてくる。

「どうやら、動作は問題なさそうですね」

「すごいね、こんな道具を作れるギフトが存在したんだ……」

その後、ティナちゃんは「それでは、私は会議がありますので」と言って王宮の方に歩いていったから、私はシオリちゃんと合流して、一度王様のところに戻ることになった。

私がティナちゃんと話している間、シオリちゃんは別口からこの街のことを調べてくれていたみたい。

とりあえず、今のこの街の状況を王様たちに伝えなきゃいけないと思うから、調査を一度切り上げることにした。

◇

「姫……」

「彼女たちは？」

「はい、彼女らの拠点へと戻ったようです。逃がしてしまってよかったのですか？」

「何を言っているのです？　あなたもこそこそと話を聞いていたから知っているのでしょう？　私と彼女《アカリ》は、友達同士になったんですよ？」

「また、そのようなご冗談《じょうだん》を……それで、今後はいかがなさるおつもりで？」

……まったく。

この将軍は有能なのですが、私のことを何だと思っているのでしょう。私にだって、友達の一人や二人、作れて当たり前ですわ！　……もちろん、彼女を利用できるかもという打算《ださん》もありますが。

それにしても、彼女――アカリと言いましたか。

賢者のギフトはあらゆるものを見通す力があり、その力を使ってギフトのレア度とレベルの高い勇者だということが分かったので声をかけてみたのですが……彼女からは、予想以上の成果が得られました。

まず、私たちと敵対している旧王族と連絡を取る手段を確保できたという点。上手《うま》くいけば彼らを引っ張り出して、罠にかけることも可能になるでしょう。

アカリを騙《だま》すことになりますが……彼女には後で勲章《くんしょう》でも渡すことにしましょう。受け取ってもらえるかはわかりませんが。

それと、もう一つ。

私の賢者の瞳は、アカリとパーティーを組んでいる人間をも見通しました。

そして同時に、その人間が保有するギフト名とレア度も確認することが可能なのですが……

杖突宏介……勇者（SSS）
亜麻天晴人……忍者（S）
暮星勇太……強化（A）

やはりというか、錚々《そうそう》たる顔ぶれがそろっているようでした。さすがはSSレアのギフトを持つ勇者といったところですか。

ですが、その中に数人、レア度の高くない人間も交じっています。

花布栞……図書館（B）

こちらは、レア度は低いですが、知識の価値を分かっているのでしょう。

名前から察するに、能力的には「劣化《れっか》賢者」といったところでしょうか。

賢者の能力は、見たものを知ることができることなのですが、図書館が見たことのない知識をも得ることができる能力だとしたら、完全な下位互換《かいごかん》とも言えませんね……油断しないようにしましょう。

そして、何より重要だったのは最後の一人。

明野樹……洗浄(C)

彼女たちがなぜ、洗浄のギフトを持つ者を仲間にしたのかはわかりません。

ですが、彼こそが私たちの求めていた勇者。

洗浄の力があれば、使用済みのステータスカードを浄化《じょうか》し、再利用することが可能になるはずです。

「……将軍！」

「姫様！　なんでございましょう」

「呪術師を呼びなさい！　例の勇者の情報が手に入りました」

「ハハッ。少々お待ちを」

私が一言命じると、将軍は即座に動きます。

そして数分も待たないうちに、呪術師を連れて戻ってきました。

普通なら部下に命じるところなのですが、彼は『大将軍』のギフトの力で、私たちの全員の居場所が手に取るようにわかるらしいので、こういう仕事は彼に任せることにしています。

「お呼びでしょうか、姫様？」

「よく来てくれました。早速ですが、例の呪具《じゅぐ》は完成していますか？」

「もちろんでございます。捜しものは？」

「名前は、アケノイツキ。保有ギフトは『洗浄』です。他に何か必要ですか？」

「名さえ分かれば問題ございません。それでは起動します……」

呪術師は、懐《ふところ》から出した水晶のような石に魔力をこめて、何やら呪文を唱えています。

おそらく呪術師のギフトのスキルで石に力をこめているのでしょうが……とりあえずは黙って見ることにしましょう。

そして待つこと三十秒ほど。呪術師が石を糸で結び、そのまま糸をつまんで地面に垂らすと……

ピクリ、ピクリと一定方向に向かって揺れているのがわかります。

「姫様、どうやら成功したようです」

「そのようですね。よくやりました！」

「姫様のお役に立てたようで何より……」

見ていて分かったのですが、呪術師が使ったスキルは、石に魔力をこめながら名前をつけることで、同じ名前を持つもの同士で共鳴して引き合うようにする呪術なのでしょう。

仮に、同じ名前の人がこの世界に複数人いたら、一方向ではなくあちこちにぶれていたところでしたが……どうやらこの世界にアケノイツキという名前の者は、一人しかいないみたいですね。

呪術師から呪具を受け取ると、彼はその場で深く礼をして、そのままどこかに走り去っていきました。

突然呼び出されたので、彼の仕事に戻ったのでしょうか。仕事熱心なのは、よいことです。

「それでは将軍。私はこれからアケノイツキを探しに行きます。この街の守りは任せますよ」

「いえ、姫様！　せめて護衛を一人……」

将軍は、私が一人で行くことに反対のようですね。

ですが、私には私の考えがあります。これは簡単には譲れません。

「何を言っているのです？　私はこれから交渉に向かうんですよ！　そもそも私に護衛など不要です。まあ、私より強い護衛がいるというのなら話は違いますが？」

「……おっしゃる通りでございます。どうぞ、武器をお収めください」

私がギフトを発動させると、全長二メートルを超える巨大な武器が一つ、私の手に握られた状態で出現します。

それを見た将軍は、恐れおののくようにうつむきながら非を認めたので、私は再びギフトを起動させて、今度は武器を消滅させせました。

賢者のギフトは戦闘向きではないのですが、もう一つのギフト、創造は、あらゆることに応用が利《き》きます。

例えば今のように、あらかじめ分解しておいた素材を元に、全長数十メートルの兵器を生み出すことも可能です。

ちなみに、さっき作り出したのはこの世界の武器ですらなく、私の世界の最先端《さいせんたん》技術を使った殲滅《せんめつ》兵器です。起動させれば、このあたり一帯を焼け野原にすることもできたでしょう。

「それでは将軍、私はこれからここを留守にします。護衛は不要です。いいですね？」

「ハハッ、お気をつけて……」

将軍に別れを告げた私は、意気揚々と街の外へ飛び出しました。

この呪具の反応を見る限り、どうやらアケノイツキはこの街道の先にいるようですね。

敵は、私たちの準備が整うのをおとなしく待ってはくれません。急いで向かうことにしましょう。

街道を抜けて森に入り、さらに進むと地面に大きな裂け目が見えてきました。

「これは、洞窟……でしょうか」

賢者のギフトが伝える情報によると、この先は洞窟になっていて、どうやら魔界から魔界へと、間にある人間界を縦断《じゅうだん》するように広がっているらしいのですね。呪術師が作った呪具は、どうやらこの洞窟の先を示しています。

光が届かないからなのか、地上からでは洞窟の底までどれぐらいの深さがあるのかは分かりませんが……まあどうにかなるでしょう。

鍛えているので、ある程度の高さであれば落ちても平気ですし、危ないのなら創造《クリエイト》のギフトを使って滑空機《グライダー》を作ればいいでしょう。

そう思って、特に深く考えることなく崖《がけ》から飛び降りたのですが……

ザブン。

「ぶくぶく……っぷはあ！」

まさか、地下に川が流れているとは。

冷静に考えれば、この可能性も思い浮かんだはずですが……思い込みとはやっかいですね。

今回はたまたま、ただの水が流れる川だったからよかったものの、これが毒とか呪いとかが滞留《たいりゅう》している場所だったらと考えると……今後は、もう少し気をつけることにしましょう。

「とりあえずは……川岸まで向かいましょうか」

創造《クリエイト》のギフトを使えば、魔力を吸って空中を自由に飛ぶ道具を生み出すこともできますが、今はその必要もないでしょう。

泳いで川岸まで向かい、ギフトで生み出した温風器に魔力を送って服を即座に乾《かわ》かします。

ちなみに、このギフトは無から何かを生み出せるわけではなく、素体となるものを分解しておき、作りたいものに再構成する必要があります。

同じ質量でも素体の持つ価値が高いほど強い性質を引き出せるということで、あの王宮にあった金銀財宝は、ほとんど分解して消滅させておきました。

もしかしたら、あれは相当な資産だったのかもしれませんが、私からしたらあれは敵から奪ったものなので、消えたところで私にとってはプラスマイナスゼロ。

いえ、こうして様々なものを生み出せるようになったと考えれば、無条件でプラスです。

とはいえ、創造で生み出す道具は、出しているだけで結構な魔力を消耗《しょうもう》するので、無駄《むだ》遣《づか》いはできないのですが。

「さて、呪具の反応の方は……どうやら、アケノイツキはこの洞窟の先にいるようですね」

温風器を再び分解して消滅させながら呪具を確認すると、どうやらこれが指し示しているのは、この洞窟の川のさらに下流の方角のようです。

地上にいたときよりも反応が強くなっています……ということは、地下空間のどこかにいるのは間違いないでしょう。

「しかし、この勇者は一体なぜ、こんな洞窟に？　何か目的があるのでしょうか。それとも、ここから出られない理由があるのでしょうか」

疑問はいくつかありますが、呪具が指し示す以上、進むしかありません。

彼が何らかの理由でこの洞窟から出られない場合、ステータスカードの浄化だけでもお願いすることにしましょう。

そのために今回は、勇者から取り上げた使用済みのステータスカードを何枚か持ってきています。

贅沢《ぜいたく》を言えば、一度私たちの王宮まで来てもらい、溜《た》まっているステータスカードを全て浄化してほしいところですが……

アケノイツキに会ったときの作戦を考えながら洞窟を進んでいると、不意に反応が川の流れから外れました。

どうやら、アケノイツキはこのあたりで、川の本流から分岐《ぶんき》した洞窟の細道に入ったようです。

周りを見ると、岩の裂け目にしか見えない分岐がいくつもあるらしく、普通の方法ではどこにいるのか見つけるのは難しいでしょう。

呪具の指す方向に慎重に進んでいくと……小さな生き物が飛び出してきました。

「そこにいるのは、誰にゃ？」

岩の隙間《すきま》から出てきたのは、四足歩行の小さな獣でした。賢者のギフトによると、この種族は『魔猫』らしいのですが、別世界からの召喚者ではなく、この世界に生息する魔物の一種ですね。

ただ、彼らが生息しているのは洞窟ではなく森のはず。

賢者のギフトで調べきれない『亜種《あしゅ》』の可能性もありますが……言葉が通じるのなら、話をしてみる価値はありそうです。

「私は、アケノイツキという召喚者を探しているのですが、何か知りませんか?」

「お前、イツキの知り合い……にゃ?　イツキなら、こっちにいるにゃ。ついて来るにゃ」

どうやらこの猫は、アケノイツキのことを知っている様子ですね。

そして、何を勘違いしたのか知りませんが、私を彼のもとまで案内してくれるみたいです。

都合がいいのでこのままついていくことにしましょう。

「着いたにゃ。これが、イツキだにゃ」

「……これ?」

猫に案内されて着いたのは、洞窟の最奥にある小さな空間で、そこには一つの石像が設置されていました。

賢者の瞳で見ると、確かにこれは、元々は人だったことがわかります。

明野樹
ギフト1：洗浄魔法
ギフト2：聖剣《ぶき》／魔剣召喚
状態：呪（石化）

「確かに、アケノイツキで間違いなさそうです……どうしてこんなことに？」

「んにゃ？　もしかしてお前、事情を知らずに来たのにゃ？　イツキは敵との戦いで呪いを受けて、石になってしまったのにゃ」

「なるほど、この『石化』というのは、何者かの呪いが原因ですか……呪いということでしたら、解呪できるかもしれませんよ？」

私の部下には呪術師という、呪いを専門としたSレアのギフトを持っている者がいます。

その者から「念のために」と受け取っていた呪具の中には、「呪いを解除する」ことに特化したものもありました。

本来は、呪術師が放った呪いが私に誤爆《ごばく》したり、万が一私が敵の呪いを受けたときの予防策でしたが、呪い全般に対して効果があるのなら、この石化も解呪できる可能性が高いです。

「上手くいくかどうかは分からないですが……」

懐《ふところ》から、ガラスに似た透明感のある石を取り出して、アケノイツキの石像に押し当ててみると、赤黒い呪いのようなものが、石像から石に移っていきました。

数秒後、灰色一色だった石像は人肌の色を取り戻し、代わりに、呪いを吸いきって役割を全うした石がパリンと割れて砕《くだ》け散りました。

石化から解除されたアケノイツキはそのまま地面に倒れ伏《ふ》しますが、ちゃんと息をしていましたので、しばらくしたら目が覚めるでしょう。

◇

目が覚めたら、そこにはアカリとシオリがいるだろう。まずは感謝の言葉を伝えよう。そのあと、これからどうするかを話し合おう。石化する前に、そんなことを考えていた記憶がある。

ぼんやりとだが体の感覚が戻ってきているが、どうやら今の俺は、どこかの壁にもたれかかって座っているらしい。

薄暗い……冷たい空気？　少なくとも強い日差しは感じない。今が夜だからなのか、それとも外ではなく、屋内《おくない》にいるからなのだろうか。冷たい岩の感触がある。ということは、ここは洞窟か……

あの戦いの後、アカリたちが安全な場所まで運んでくれたのかもしれないな。

指先を動かそうと力を入れると、ピクリと反応があった。どうやら、けだるさが残っているだけで、石化の呪いは完全に解除されたようだ。

身体の感触を確かめた感じだと、聖化と魔化はすでに解除されており、元の人間の姿に戻っている。

全てが夢だったのでは？　なんてことも頭をよぎるが、そんなことはないと断言《だんげん》できる。石化している間は意識も記憶もなかったが、長い間、体を動かすことができなかったのは感覚的に分かる。

「人間、目が覚めたにゃ？」

重たいまぶたを開けて周囲を確認すると、あたりはやはり薄暗い。

目の前には、心配そうな様子でこちらを覗《のぞ》き込んでいる猫と、俺をじっと見つめている見知らぬ少女の姿があった。

「猫……と、あなたは？」

「私はティナ。あなたと同じ、召喚者です」

「召喚者……勇者のことか？　俺は明野樹。初めまして……だよな？」

召喚者だと名乗る少女《ティナ》のことを観察してみるが、やはり見覚えがない。

この世界の人とも俺たち日本人とも違う、独特の雰囲気《ふんいき》を持った少女なので、一度見たら忘れそうにないのだが……

そういぶかしんでいるのが伝わったのか、少女が再び口を開く。

「私たちは、アケノイツキたちとは別の世界からこの世界に召喚されました。召喚されたのはあなたたちが先なので、立場的には後輩《こうはい》になります」

「そうか、俺が石化していた間にそんなことが……まあ、えっと……よろしくな、ティナさん！」

右手を差し出すと、ティナさんはおどおどしながら手に触れてきた。

握手に応じてくれたと思ったので軽く手を握り返すと、彼女は「ひえっ」と声を出して、びっくりしたように手を戻されてしまった。

「もしかして、ティナさんは握手を知らない世界の人？」

「握手？　私の世界にも、似たような慣習はありますが……でも、私相手に遠慮《えんりょ》しない人は初めてで……ちょっと意外に思っただけです」

「まあ、確かに、突然手を握られたらびっくりするよな。すまなかった、気をつける」

「いえ、私は別に、びっくりなどしていませんが……」

ティナさんは、そう言ってうつむいてしまったが、もしかして彼女はそこそこ偉い人だったりするのだろうか。

それで、他の人は恐れおおくて握手すらできなかったとか？　……いや、そんな偉い人がこんな洞窟に一人で潜り込むわけないか。

それにしても、そうか。俺たちをこの世界に召喚することができたってことは、別の勇者を召喚することも理論的には可能なのか。

勇者としての使命感みたいなものも感じていた俺としては複雑な気持ちもあるが、この世界の人が選んだことなのだから文句は言わない。

俺は、俺にできることをしよう。

「それで、お前はわざわざ俺のことを迎えに来てくれたのか？」

「いえ……はい」

「ところで俺は、さっきまで石化の呪いにかかっていたはずなんだが？」

「それも、私が……」

「そうにゃ、人間。お前の呪いはそこの人間があっという間に治してしまったのにゃ！　だからその人間はお前の命の恩人にゃ。とりあえず感謝しておいた方がいいにゃ！」

「やっぱり！　すげえ、ありがとう！　……おっと、接触《せっしょく》はＮＧだったか？」

感謝の気持ちが先走ってまた手を握ろうとしてしまったが、そもそも相手は女性なのだから、あまりガツガツいかないようにしよう。

冷静になって考えたら、俺も元々そういうキャラではないからな。

「それで、あの。アケノイツキに頼み事があるのですけれど……」

「頼み事？　俺に？　そりゃ、命の恩人から頼まれたら聞くけど？」

「よかったです！　実は、このカードなんですが……」

そう言ってティナさんが取り出したのは、何の変哲もないステータスカードだった。

「実は、アケノイツキにこのカードを『浄化』してほしいんです。アケノイツキのギフトである洗浄は、このカードの所有者情報をリセットすることが、できるはずです……」

ステータスカードの使い方が分からないから説明してほしいとか？　それぐらいならお安いご用だけど……などと考えていたら、そういうことではなかった。

ティナさんが取り出したステータスカードは全部で五枚。その全てに、すでに他の勇者の名前が書かれている。

「それはいいけど……なんで急に？　ってか、できるかどうかは試してみないと分からないけど」

「アケノイツキならおそらく大丈夫です。詳しい事情は……話すと長くなるので、まずは一枚、試してみてくれませんか？」

まあ、そこまで言うのなら、試してみてもいいかもしれない。

きっと、彼女には彼女なりの理由があるのだろうし、命の恩人が困っているのなら助けてやりたいと思う。

「じゃあ、とりあえず一枚……」

ティナさんが手に持つカードを一枚だけ受け取って、洗浄の力を使ってみた。

まずは普通に汚れが落ちていき……そこで反応が止まってしまうが、何かが取れそうで引っかかるような感覚が……

「あと少し……あと少しなんだけど……」

「人間、頑張《がんば》るにゃ！　何やってるのかは分からんけど、とにかく頑張《がんば》るにゃ！」

「頑張《がんば》ってください！　アケノイツキさん！」

応援されたところで、それで上手くいくってことはないんだが、でもまあ、悪い気分ではないな。

ただ、ステータスカードについた情報を、洗浄で強引に引き剥《は》がそうとするのは無理かな。

だったら、少し集中して、一つ一つほどいていくような感じを試してみるか。今までは水圧だけで押し流す洗浄しかしなかったけど、今からやろうとしているのは、ブラシでピンポイントに磨いていくのに近い作業だ。

オートモードで発動していた洗浄を、マニュアルで細かく操作して、一つ一つ、ステータスカードについた情報を取り除《のぞ》いていく……

……十分ぐらい、経過しただろうか。

　他人が見たら、ただカードに手を当ててじっとしているだけに見えるかもしれないが、実際はものすごく体力と集中力を使う作業が完了し、最後のひとかけらの情報を取り除いた瞬間――カードがピカッと光り、何の情報も書かれていない素の状態のステータスカードが誕生《たんじょう》した。

「これで……どうですか？」

「えっと……すごいです！　見てくださいアケノイツキ！　私のステータスが、表示されています！」

　どうやら、上手くいったみたいだ
　ティナさんが見せてくれたカードには、彼女のステータスがしっかりと記載《きさい》されている。

ウィズティーネ・ラプティンツカ
年齢：15
レベル：13
ギフト1：賢者
ギフト2：創造
スキルポイント：35（有効期限切れ）

「賢者と、クリエイト……ギフトが二つ？」

見せてもらったステータスカードには、ティナさんの名前や年齢とともに、ギフトの情報も表示されている。

賢者……名前からして、勇者と同格のギフトなのだろうか。

そしてそこには、賢者だけでなく、創造という二つ目のギフト情報が書かれていた。

どうやらティナさんは、俺と同じように何らかの方法で二つ目のギフトを手に入れた勇者らしい。

「そう言うアケノイツキ……あなたにも二つ目のギフトがあるのではないですか？」

「そうですが……分かるんですか？」

「はい。賢者のギフトは、対象を調べるスキルです。アケノイツキを直接目で見て調べると、洗浄のギフトともう一つ……隠された何かが存在するように見えるのです」

さすがは「賢者」というギフトを名乗るだけのことはある。ギフト1だけでなく、ギフト2の存在まで見抜かれてしまった。

こうなってしまうと、いちいち本を読んで調べる必要がある図書館《シオリのギフト》の完全に上位互換な気がするんだけど、レア度が違うから、それはしかたがないのかもしれないな。

「俺のギフトは、洗浄と、武器召喚。ステータスカードは……あれ？」

ティナさんにステータスカードを見せようと思ってポケットの中を探してみても……見

つからない。鞄《かばん》の中にあるかと思ったら、そもそも鞄《かばん》が見当たらない。

「アケノイツキ、どうしました？」

「いや、その……なあ猫。俺のステータスカードがどこにあるか、知らない？」

「それなら、アカリたちが持ち帰ったから、ここにはないにゃ。そしてあいつらは、お前をここに残して人間界に戻ったにゃ！」

……確かに魔族の軍勢は追い払ったから、いつまでも魔界に残る理由はないし、石化した状態の俺を運ぶのも面倒だから、猫に任せて帰るのは理解できる。だが、せめてステータスカードだけでも残していってほしかった。

「アケノイツキ、あなたのカードはここにはないのですか？　アケノイツキはそれでは不便ではないですか？」

「まあ、そういうことになるけど……ティナさん。俺のことはフルネームで呼ばなくてもいいですよ。アケノとか、イツキとかで……」

「そうですか、ではアケノと呼びますね。アケノ、カードがなくて不便なら、今ここで再発行すればいいのではないですか？」

ティナさんは、手にしている残りの四枚のステータスカード全てを俺に手渡した。

こちらはなぜか内容が非表示になっているから所有者が誰なのか分からないが、元は召喚された勇者のものだったことは間違いない。

「ついでに、ほかのカードも浄化してくれると嬉しいです。仲間の分も用意しておきたいので」

「それはいいですが……ティナさん、このカードは一体どこで手に入れたんですか？」

「これは、戦いの中で命を失った勇者たちが持っていたカードです。持ち主はすでに死んでいるので、アケノが気にする必要はないですよ」

そう呟《つぶや》くティナさんから不気味な空気を感じたのは、死者のものを浄化することに抵抗を感じている様子がないからだろうか。

それとも、何かもっと違う理由なのか。例えばこのカードは、ティナさん自身が勇者たちを殺して奪ったとか……なんて、そんなわけないか。

「分かりました、とりあえずこれは、まとめて全部浄化します。そのうちの一枚は、俺が貰《もら》いますすね」

「はい、ではどうぞ」

ティナさんからカードを受け取って、一気にカードの浄化作業に移る。

さっき一度感覚をつかんだおかげか、束になった状態でもカードの浄化がスムーズに進む。

カードについている汚れをまずは一通り洗浄して、次にカードに残っている個人情報を洗浄していく。

そして最後に、カードに残っている経験値などの情報を洗浄して……この経験値は、うまくやれば再利用できそうな気もするが、そんな死を冒涜《ぼうとく》するような真似《まね》は、さすがにやめておこう。

「ティナさん、できましたよ。じゃあこれは俺が貰《もら》いますね」

「ありがとうございます、アケノ。これは、直接手で触れないようにしないとですね……」

ティナさんは、俺が手渡したカードを紙らしきもので包み込むと、再び懐《ふところ》の中にしまった。

一枚だけ俺の手元に残したカードはまだまっさらな状態だが、洗浄の能力を解除したら、手で触れている場所から俺の情報を読み取っていった。

どうやら、ティナさんが手で触れないように気をつけたのは正解だった。

カードを手に持ってステータス表示を念じると、無事に俺のステータスが表示される。

明野樹
年齢：17
レベル：52
ギフト1：洗浄魔法
ギフト2：聖剣《ぶき》／魔剣召喚

スキルポイント：１９０（有効期限切れ）

無事に再発行は完了したようだ。

前に確認したときは、たしかレベルが40ぐらいだった気がするから、そのときからかなりレベルが上がっている。

魔王子を倒したのもあると思うし、それ以外にも大量の魔物を倒していたからな。

もしかしたら俺が石化している間に、パーティーを組んでいた勇者たちが魔物を倒した経験値が入ってきていたのかもしれないが、そこら辺の詳しいことはわからない。

スキルポイントもかなり溜《た》まっているが、有効期限が切れた状態になっているので、すぐにポイントを割り振ることはできそうにない。

スライドしてほかの画面を確認してみると、パーティーを組んでいたはずのアカリとシオリ、真の勇者と忍者の名前が書かれていない。カードを再発行することで、自動的にパーティーが解除されてしまったのだろうか。人間界に戻ったら、もう一度パーティーを編成し直さないとな。

「アケノ、どうかしましたか？　カードを見つめていますが」

「いや、なんでもない。あ、そうだ、ティナさん、俺のステータスも確認しておきますか？」

パーティーが解除された状態のカードを見ていろいろ考えていると、ティナさんに不審に思われてしまったようだ。

元々のカードがどうなったのかとか、アカリやシオリが心配していないかとかは気になるが、そういう話はティナさんには関係ないし、後から考えることにしよう。

今はとりあえず、真の勇者やアカリやシオリに合流することが優先だ。

「聖剣と、魔剣ですか。これを見ただけでは何も分かりませんね……」

「そうなのか？　まあ、そりゃそうか。敵と戦うようなことがあったら使うことになると思うから、説明はそのときにすればいいか？」

「はい、それでいいですよ。私のギフトも、使うときに披露《ひろう》しますね」

賢者のギフトは対象を調べるギフトだと聞いていたから、ステータスカードを見るだけでラストワンのギフトの詳細まで分かるのかと思ったが、そういうことではないようだ。

ティナによると「何かを召喚することは分かるが、何が召喚されるのかまでは直接見ないと分からない」とのことだった。

とはいえ俺のギフトには制限時間があるから、披露《ひろう》するだけのために発動するわけにもいかない。

「それで……俺は一度、アカリたちと合流したいと思っているんだが、ティナさんはどうするんだ？」

「そうですね……アカリさんとは、王都で会いましたよ。私もカード《これ》を仲間に渡したいですし、一緒に戻りますか？」

ティナさんと話をしていると、猫が割り込んできた。

「それなら、私も一緒についていっていいかにゃ？」

「それは、俺としてはそれでもいいが……猫、お前の仲間にはちゃんと話をしておけよ？」

「そんなのはもう済ませてあるにゃ！　そもそも、ボスにはもう戻らないと伝えてあるにゃ。それに、このあたりはもう平和になったから、私がいなくても平気なのにゃ！」

どうやら猫は、石化した状態の俺を守るために、仲間から独立《どくりつ》してくれたらしい。

もともと、時間をかけて俺のギフトや抵抗力が上昇して自然に回復するのを想定していて、俺を守るという使命を果たすために、いろいろなものを犠牲《ぎせい》にしてくれていたのだとか。

「平和に？　魔王軍は攻めるのを諦《あきら》めたのか？」

猫の台詞《せりふ》には「魔界が平和になった」とあったので、俺たちが戦った結果、魔王は攻めるのを諦《あきら》めたのかと思ったが、猫の反応を見る限りそうではないようだ。

「そうじゃなくて……私も聞いた話だから詳しくはないにゃ。でも、人間界を覆う結界が消滅したから、ここに拠点を建てる意味がなくなったって聞いてるにゃ」

「結界が消滅？　……一体何が起きたんだ？」

「それは……言葉で説明するのは難しいにゃ。でも、アカリたちの話を聞いてる限りだと……」

「アケノ、そのあたりは私からも話せます。とはいえ、直接見たわけではないので、推測によるところが大きいのですが……」

猫とティナさんの話をまとめると、どうやらティナさんたちを勇者召喚したときに、その副作用で人間界を守る結界が崩壊してしまったらしい。

何度でも勇者を召喚できるなら、魔王に勝てるまで召喚を続けるという選択肢もあるかと思ったのだが、どうやらそんな簡単にはいかないようだ。

ティナさんたちをこの世界に呼び寄せた第二次勇者召喚によって、勇者召喚の仕組みが完全に壊れてしまっており、これ以上はやろうと思ってもできない状態らしい。

俺が石になっている間に、本当にいろいろなことが起きたみたいだな。

「……つまり、人間界はすでに魔王軍の侵攻によって危険な状態ってことか？」

「私がアケノを探しに旅立った時点では、そこまで危険な状態ではありませんでした。ですが、猫さんの話を聞く限りだと、近いうちに魔王軍が攻めてくる可能性は高いですね。魔界から流れてくる魔力の影響で日に日に魔物も強く、凶暴になっていますし、他にもいろいろと問題が……」

「問題？　魔物以外にも敵がいるとか？」

「まあ……そのあたりは歩きながら話しましょう。それではアケノ、人間界に戻るのですよね？　道は分かりますか？　私が案内すればいいですか？」

そんなわけで、俺たちは、ティナさんを先頭に洞窟の川を上流に向かって進むことにした。

アカリとシオリは、人間界に戻ると決めたときも、最後まで俺のことをどうするかで悩んでいたらしい。

俺も早く地上に戻って彼女たちと合流して、安心させてやらないとな……

あとがき

こんにちは、作者のみももです。

この度は本作を手に取っていただき、ありがとうございます。

私は専業の作家ではないので、相変わらず仕事に追われながら執筆活動に勤《いそ》しむ日々を過ごしています。毎朝、職場に向かう前にテキストエディタを開いて作業をして、気がついたら時間が経っている。

ああ、あと五分、いや、あと十分だけでも……！

などと寝ぼすけのような戯言《ざれごと》をブツブツ呟きながら、遅刻《ちこく》するわけにもいかないため、キーボードから泣く泣く手を離す——。

むしろ執筆の時間を確保したいがために、早寝早起きができるようになったくらいです。

生活習慣を改めたいと考えている方には、執筆活動はお薦《すす》めです。

さて、この巻では徐々にギフトに慣れてきたイツキが、前回と同じように周囲の人や状況に振り回される日々が描かれます。イツキを含めた勇者たちには、物語の主人公にありがちな明確な目的がありません。魔族や魔王のような『敵』はいるものの、彼らを倒すことが本作のテーマというわけではないからです。

人によっては彼らの振る舞いは優柔不断に見えるでしょう。でも、その場その場で状況が変われば考え方も変わる。それが自然だと作者は考えているのです。

だけどその一方で、それぞれがそれぞれに芯《しん》のようなものがある。曲がることはあっても折れることはない。勇者たちの信念が複雑に絡み合う中にこそ、本当の物語が生まれるのではないか。そんなことを想像しながら、私はこの物語を書きました。

何が正しいとか、誰が正しいとか。人によって考え方は千差万別です。タイミングによって判断基準が変わることもあるでしょう。

もちろん私は、何が『正しいか』という価値観を押しつけるつもりはありません。ですが願わくば、この作品が読者の皆様ご自身にとっての『正しさ』を見つけるための、一つのきっかけになれば幸いです。

……と、まあ色々と書きましたが、難しいことは考えなくても大丈夫です。それよりも、ただ「楽しかった」と感じてもらうのが、作者にとって一番の望みです。

それでは、叶うことならば、またどこかで会えることを祈って。

二〇二三年二月　みももも

キャラクターデザインラフ
大公開!
SKILL AS THE LAST-ONE PRIZE
■魔王子

■ティナ 軍服（左）、私服（右）

Illstration：たん旦

アルファライト文庫

この作品に対する皆様のご意見・ご感想をお待ちしております。

おハガキ・お手紙は以下の宛先にお送りください。

【宛先】

〒150-6008 東京都渋谷区恵比寿4-20-3 恵比寿ガーデンプレイスタワー 8F
（株）アルファポリス　書籍感想係

メールフォームでのご意見・ご感想は右のＱＲコードから、
あるいは以下のワードで検索をかけてください。

アルファポリス　書籍の感想　検索

ご感想はこちらから

本書は、2020年12月当社より単行本として
刊行されたものを文庫化したものです。

ギフト争奪戦《そうだつせん》に乗《の》り遅《おく》れたら、ラストワン賞《しょう》で最強《さいきょう》スキルを手《て》に入れた 2

みももも

2023年 2月 28日初版発行

文庫編集－中野大樹
編集長－太田鉄平
発行者－梶本雄介
発行所－株式会社アルファポリス
〒150-6008東京都渋谷区恵比寿4-20-3恵比寿ガーデンプレイスタワー8F
TEL 03-6277-1601（営業）03-6277-1602（編集）
URL https://www.alphapolis.co.jp/
発売元－株式会社星雲社（共同出版社・流通責任出版社）
〒112-0005東京都文京区水道1-3-30
TEL 03-3868-3275
装丁・本文イラスト－たん旦
文庫デザイン—AFTERGLOW
（レーベルフォーマットデザイン－ansyyqdesign）
印刷－中央精版印刷株式会社

価格はカバーに表示されてあります。

落丁乱丁の場合はアルファポリスまでご連絡ください。

送料は小社負担でお取り替えします。


ISBN978-4-434-31617-3 C0193